Anonymous

Die Leiden der jungen Wertherin

Anonymous

Die Leiden der jungen Wertherin

ISBN/EAN: 9783743456235

Hergestellt in Europa, USA, Kanada, Australien, Japan

Cover: Foto ©Andreas Hilbeck / pixelio.de

Manufactured and distributed by brebook publishing software (www.brebook.com)

Anonymous

Die Leiden der jungen Wertherin

Die Leiden
der
Jungen Wertherinn.

Eisenach,
in der Griesbachischen Buchhandlung,
1775.

Ihr habt den Begegniſſen des jungen Werthers euer Mitleiden nicht ganz verſaget, und die Ergänzung von der Geſchichte derjenigen tugendhaften Perſon, deren Unſchuld und unbefangene Seele ihr ſchon kennet und lieb gewonnen habt, euch gewünſchet. Werdet ihr ſie nun wohl mit derjenigen Bereitwilligkeit aufnehmen, mit der man Schriften aufzunehmen gewohnt iſt, welche müßige Stunden angenehm machen,

Vorrede.

machen, und doch nicht zu einen schädlichen Zeitvertreib ausarten sollen?

Stellet, wenn ihr es vor gut befindet, ihr weichgeschaffnen Seelen, stellet es hin, dies Büchlein, neben den Platz desjenigen, das ihr mit so viel Theilnehmung durchlaset, und schenket ihm nur ein Quentlein eurer Gunst, wenn ihr, entfernt vom Romanhaften, die Tugend kämpfen sehet.

I. Was

I.

Was man vor allen Dingen zu wissen neugierig seyn wird, wann man diese Blätter aufhebt und liest: die Leiden der jungen Wertherinn; — das bin ich so gut und laß es suchen und suchen bis — an das Ende.

Um aber auch nicht gleich bey dem ersten Auftritt den allzuverschwiegnen Autor zu spielen, will ich statt dessen ein anderes und für meine Leser und Leserinnen, das ist, für mein Publikum, — und welcher Schriftsteller, welcher Federführer hat trotz aller Kritisirerey nicht das Seinige? — nicht minder wichtiges Geheimniß eröffnen.

Das Wörtlein: Leiden, hat durch die Wertherischen nun einmal einen so betrübten Accent erhalten, daß sich vielleicht schon mancher durch dieses Wörtchen allein, an sich so ganz unschuldig, könnte abschrecken lassen, mein Werkchen begierig zu kaufen; als zu welchem Ende es gedruckt ist: und es zu lesen; als wozu es geschrieben ist.

Ob man mich zu lesen für gut finden sollte, oder nicht: mir, auf mein Theil, das gleichgültigste Ding von der Welt. Ob man gegen mich den kritischen Bannstrahl abzuwerfen sich gezwungen sehen sollte: er frißt das Pappier und krümmt einem kein Härchen. — Dem armen Verleger zum Besten, mein Herr, lassen Sie ein Ding leben, das — auf Ihre und meine Ehre! — der ganzen Christenheit in Deutschland weder schaden noch nützen wird. —

O, könnte man das von allen Schriften der schönen Litteratur sagen. Sie schaden weder, noch nützen! In Wahrheit zehntausendmal besser, als wenn wir seufzen müssen: Welch ein Genie! Aber, ach wie schädlich! —

2. Wird

2.

Wird man nicht schon das Mäulchen gezogen, und das Näschen gerümpft haben über den frommen, heiligen, moralischen Seufzer? — Ich weis, in welchen Zeiten ich lebe. Kein Wort mehr!

Meine Leiden — die Leiden meiner Heldinn meyn' ich — sind weder die Leiden einer jungen Närrinn, Pietistinn, Starrköpfinn, Schwärmerinn, noch die Leiden einer Vernunftlosen, einer Coquette, einer Selbstmörderinn — kurz alle die nicht, die meine Leser finden werden, daß sie es nicht sind.

3.

Meiner Heldinn? — Das könnte, fürwahr, Argwohn geben, als wann ich die ungeheure Anzahl der wizigen Geburten unsers Jahrhunderts vermehren wollte, die größeres Unheil in der Welt stiften, als alle Mährchen und Einfälle der Ammen, die — laßt uns einmal ein wenig beyseits treten und den Ueberschlag machen! —

Jünglingen und Mädchen die Zeit wegnehmen, die Zeit zu lernen, und sich tugendhaft zu bilden; beyde vor den Jahren mit Liebesflammen erhitzen und ihre Handvoll Tage in ein noch engeres Räumchen bringen; die Menschen überreden machen, Liebeshändel seyen ihre erste und letzte Bestimmung; Aeltern die ihnen zugehörige Macht über ihre Kinder rauben; dem Staate schlimme, untaugliche Bürger geben und — ein Geschlecht in dem andern verderben!

Und das soll und wird es nicht werden, mein Büchlein, ja und nicht einmal vorstellen.

4.

Das, denk ich, war äußerst nothwendig zu sagen. Giebt es doch itzt der Leutlein so viel, die alles, was nur ein Flinkerchen von Witz hat, hurtig ergreifen, es begaffen und begucken, und in der That ungebetene Gäste sind.

Und könnt es nicht einem und dem andern Theoretiker einfallen, mit seiner Brille auf der Nase,

Nase, diese Schrift für eine solche Witzgeburt anzusehen, die sie, wie gesagt, nicht einmal seyn soll.

§.

Romane zu lesen schämt sich ein jeder, ein jeder, dem gesetztes Wesen — und wärs auch nur wie eine Linse am Gewicht — lieber ist, als alles bewundernde, anbetende Lispeln von tausend Zungen, die denen so süß stammelnd jungen Geschöpfen im Halse sitzen.

Gesetzt seyn, was es heißt? —

Nichts, als Menschenverstand haben. Und Witz, nur bloßen, simpeln Witz haben wollen, heißt, in vielen Fällen, sich Menschenverstand zu haben schämen. —

So hätt ich, wenn auch alle Witzlinge mir abgeneigt seyn sollten, und ich hätte einen einzigen gesetzten Menschen auf meiner Seite, den herrlichsten Ersatz für meine Einbuße, wenn es Einbuße ist, was man nicht einmal zu besitzen verlangt.

Ich weis noch nicht, ob auch einer, wie ich ihn mir wünsche, das Herz haben möchte, bishieher auszuhalten, noch weit weniger, ob er das folgende Kapitel anzufangen sich überwinden möchte —

Wenn alle Autoren so zaghaft fragten, ehe sie schrieben: ich wette, alles Papier blieb unbeschrieben und unbedruckt. Und das wäre denn auch Schade!

6.

„Romane!" — hört ich einen von Witz fast berstenden Menschen sagen, — gleich jener begeisterten Priesterinn von ihrem Dreyfuß — er stand, wohl zu merken, auf platter Erde, auch nicht über einer prophetischen Geist ausdampfenden Oefnung!

„Romane! sind," sagt' er, „unsere Epopäen!" —

Nun so mache sich keiner mehr einen Zweifel, Romanenschreiber Epische Dichter zu grüßen! Homer und — sind Brüder, wie Trompete und

und Pauke, Waldhorn und Trommel, von ganz und gar keiner unterschiedenen Wirkung.

Und doch werden, denk ich, Epopäen Epopäen bleiben und Romane Romane; es müßte denn diese herrliche Erfindung, von den unbedeutendesten Dingen ganze Bände zu füllen, und bey den Erwachsenen die Amme zu machen, zum Leidwesen aller, denen Zeit eine Last ist, entweder einen höhern Schwung nehmen, oder — verloren gehen.

7.

Einen höhern Schwung nehmen? — Das würde das Gift nur noch scheinbarer, nur noch reizender machen!

Verloren gehn! Das Allerbeste.

O ihr Weltweisen, die ihr gern die ganze Dichtkunst zur Erde bestattetet, lasset hier euern Eifer aus, und die Welt, die künftige, wird euch danken.

8.

Werthers Leiden sind in unsern Tagen so heißhungrig verschlungen worden, und das von so

man

manchem, der sie gar nicht hätte anrühren sollen — wenn doch einer und der andere von diesen unberufenen Lesern mit nüchterner Seele lesen wollte, was ich hier sagen werde — ob es vor mir gesagt, oder nicht gesagt worden, thut, liebsten Herren, nichts, gar nichts zur Sache! —

Von so manchem, meyn ich, der sie gar nicht hätte anrühren sollen, daß ich genung entschuldiget zu seyn glaube, wenn ich, so wenig es auch der Ordnung gemäß zu seyn scheinet, lieber die Ordnung verabschiede, als etwas gutes zu sagen vergesse.

Muß denn auch ein jeder, der schreibt, alles so ängstlich nach einander stellen und ordnen, wie ein eintheilender und untereintheilender Philosoph?

9.

Eine sich selbst nicht mehr gelaßene Seele sieht nur überall Lasten von Mühseligkeit und Elend über sich herfallen; Elend, dem sie nicht in das Auge zu sehen wagt; Mühseligkeit, gegen

die

die sie gar nicht gerüstet zu seyn glaubt! — Gerade, wie ein Traum, der um so schrecklicher wird, je verworrener er wird.

„Ein Traum? Steht es bey uns, was und wie wir träumen wollen?"

Aber, wird auch der Arbeit müde, der von Speisen nicht übersatte Träumen ausgesetzt seyn, deren Errinnerung ihm das Haar empor richtet? Träume, liebster Freund, berauben den Schlaf seines Balsams; Leidenschaften das Leben seiner Freuden, die es einem jeden Nüchternen so süß, so unschätzbar machen.

Dem Empörer ist die beste Obrigkeit unleidlich grausam. Ist sie es? — Gläubst du wohl, daß es Nacht sey, wenn ein Blinder klagt, daß er nichts sehen könne?

Ein Träumender, ein von seiner Leidenschaft Verworrener, ein im Finstern Umtapfender, das ist er, der Hand an sein Leben legt, und zu seiner Seele spricht: von hinnen!

10. Und

10.

Und weil er das ist, verdient er das Mitleiden aller, die ihn bemitleiden können, und so gut wie er ihrer Besinnungskraft beraubt werden können.

Wann ein Trinker, derweilen die Gluth des Getränkes durch seine Adern rollt, keinen vernünftigen Gedanken in ihm aufkommen läßt, seinen Rock, den er an hat, daran setzen kann, ohne zu wissen, es sey der letzte und er nunmehr nackt und bloß; wann ein Spieler in der Verzweiflung den letzten Lebensheller nicht achtet; wann ein Mensch, vom Hunger gedrungen, ein Räuber wird: sind diese alle nicht eben so mitleidenswerth, als ein Ehemann, der im erstern Gefühl von Eifersucht tödet? — Höre sie in der Stunde, wo diese alle, die unseres Mitleidens werth waren, ihr eigen Gewissen verdammt!

O wäre es jemals möglich zu hören, die Jammerklage des, der sich seine Tage hier muthwillig kürzte, dort, jenseit des Grabes — es sollte mancher sein bischen Vernunft nicht so auf die Nadelspitze setzen.

11. Unser

II.

Unser Magen hat seine Grenzen, er kann Fleisch, Gemüse und Brodt bis auf einen gewissen Grad vertragen, und geht zu Grunde, sobald er überstiegen ist.

Sey also kein Vielfraß, und du und dein Magen, werden sich wohl, äußerst wohl haben.

Und du, der du der Indigestion erliegst, du bist so wenig, wie jener, den seine Leidenschaft zu Boden schlägt, weder Held noch Memme, weder Memme noch Held, da in dem Augenblicke, da du scheidest; und scheidest, weil du nicht beym Leben bleiben kannst.

Bevor wir durch einen verwahrloseten Magen unser Leben verliehren können, müssen wir Erzschlemmer geworden seyn; und das wird man nie anders, als allmählig und nie mit einem male.

So kostete Werther, kostete wieder, brachte es zu Geschmack, wiederholte den Genuß öfter und immer öfterer, mehr und immer mehr, bis er

er sich ganz voll geschwelgt hatte, und tollkühn endete. —

Laßt uns einen Augenblick darauf wenden, seinem Unglück bis auf seinen ersten Ursprung nachzuspühren!

12.

Hätte die Baase ihr: "nehmen Sie sich in Acht, daß Sie sich nicht verlieben!" nicht über die Lippen kommen lassen, und den reitzbaren Jüngling gereizt. —

Oder hätte dieser es nicht mit der Gleichgültigkeit aufgenommen, mit der wir Errinnerungen anzuhören pflegen, die uns überflüßig, unnöthig zu seyn scheinen;

Hätte er bey sich mit einem frohen: "ja, das will ich!" geantwortet; es oft wiederhohlt — muß denn alles süß schmecken, was uns heilen soll? — da, als er sich an den schwarzen Augen zu letzen anfieng, die lebendigen Lippen und die frischen muntern Wangen seine Seele an sich ziehen ließ, sich

sich in den herrlichen Sinn ihrer Rede zu versenken glaubte, und doch nur immer an den sinnlichen Reizen hieng: —

Welchen Folgen er da entgangen seyn würde, überlaß ich einem jeden zu denken, der es zu denken Lust hat.

13.

Trete mir keiner in den Weg und sage: „es war ihm unmöglich, ihrer warmen Schönheit kalte Weisheit entgegen zu stellen."

Wehe uns allen, wann keine Flamme gelöscht werden kann, wann sie ausbrechen will.

„Aber sein Temperament bracht' es so mit sich! —"

Temperament! Temperament! Ist Temperament das einzige Thier, dem man keinen Kappzaum anlegen kann, das einzige Thier, das man auf keinerley Weise zu zähmen im Stande ist?

„Er sollte also weder sehen, noch hören? —"

Sich

Sich nicht vergessen, oder sich doch wieder ermannen; wann er fiel, sich wieder von Boden aufraffen. Muß denn ein jeder, der fällt, auch für todt liegen bleiben?

14.

Wie ein Träumender stieg er aus dem Wagen, wie ein Träumender trat er in den Tanzsaal, um als ein Narr ihn wieder zu verlassen, als ein Narr, den ein jedes Jahrhundert in seiner Art nur Einen, nur Einen hervorbringt.

Da, da als er die Reihen mit ihr durchtanzte, da ihr Alberts Name mit Bedeutung zugerufen wurde, da war es, daß der Gedanke in ihm rege ward: Er, oder Ich! Er oder Sie!

So wird Lustbarkeit, auch die unschuldigste, des Jünglings Verderben, wann er sich derselben zur unrechten Stunde oder mit Unbehutsamkeit überläßt. Und jugendliche Einbildungskraft, von Leidenschaften gespornt, reißt aus, und schleift den Unglücklichen mit sich in Abgrund. —

„Eine

„Eine Moral, die Ihnen in der That nicht schwer werden könnte zu finden! —"

Und Ihnen unstreitig, mein Herr, überaus schwer werden wird überall zu beherzigen.

15.

Um nicht immer das Wort allein zu führen, ist es am besten, ich gehe einmal ab und überlaße die Bühne einer Person, die man lieber sehen und hören wird. 's ist keine andere, denn die herrliche Lotte selbst.

16.

Er geht mir durch alle Sinne, der Gedanke, daß ich mit ihm auf dem Ball seyn, mit ihm den langen Saal hinunter rollen könnte. Noch rührt das Andenken an diesen frohen festlichen Tag meine ganze Seele. Mit welcher Behendigkeit er da hinunter walzte, immer neue Touren anzubringen wußte, sich dann drehete, und wieder drehete, mich drehete, und ich ihn drehete, er wieder herauf jagte, und ich immer an seiner Seite hieng:

o das war Nektarwonne nur zu fühlen. Mir war so wohl, so wohl dabey! Und doch —

Gewiß ich handelte unvorsichtig, war die Aufmerksamkeit der ganzen Gesellschaft, machte, daß man sich über mein Betragen aufhielt, hier einander in die Ohren zischelte, da mich eines Leichtsinnes beschuldigte, und dorten meine Neigung zum Tanzen anklagte. Ich, ich handelte unvorsichtig, nicht er; ich bat ihn, mit mir zu walzen, bat ihn, daß er meinen Chapeau darum bitten mußte, bat seine Dame darum, und gab allein den Stoff zu alle den Unterredungen, die mir schon mitten im Tanze nicht gleichgültig seyn konnten. Albert! rufte die verehrungswürdige Frau zweymal, und mit Bedeutung, gerade als ob bey der unschuldigsten Sache, bey der erlaubtesten Vergnügung schon allemal Fehltritte gethan wären. Sie handelte zwar recht dabey, und, weis der Himmel, ich dank's ihr noch inniglich; aber muß denn auch überall der aufkeimende argwöhnische Gedanke gleich den Meister spielen? Albert! Und mit Bedeutung noch einmal: Albert!

17. Ja,

17.

Ja, guter, bester Albert, wenn dich der Himmel begleitet; wenn du glücklich wieder zu uns kommst: o! dann sing' ich Jubellieder. Aber ach! ich zittre gar zu sehr vor Dein Leben. Wenn Dich nur die sumpfigten Morastvollen Wege nicht verweilen machen! wenn Dir nur die herabströmenden Regengüsse des Himmels kein Leids thun! Mein Herz athmet — ich weis nicht, warum? — ganz gepreßt, und ich — ich gehe, so bald der Phosphorus die Ankunft des Tages verkündiget, hinauf auf jene heiligen Hügel, auf welchen Du schon manchmal mein Ergötzen wareſt, laſſe mich überreden, daß er auch Deine Ankunft mir verkündiget, betrete dann, wenn der rothschimmernde Phöbus, seiner Reise müde, sich zur Ruhe hinab neigt, jene im grünenden Gewand stolzirenden Wiesen, die meinem Geiste Deine Gestalt immer gegenwärtig machen, betrete sie, schaue hinauf zu den gestirnten Höhen, bete vor Deine Reise, und schluchze Deinen Namen, und schluchze immer noch vergebens. O mein Herz bebt, und Kummervoll sinkt mein Muth in's Mark meiner Gebeine, daß Du, o Albert, zu kommen verzeuchst!

Zwar ist Werther die gefälligste, liebenswürdigste Seele von der Welt, und ich fühle es nur zu sehr, daß ich ungefärbte wahre Liebe vor ihn hege, und weis es auch zuversichtlich, daß er mich wieder herzlich liebt.

Hier schweb' ich zwischen zwey Wegen. Wag' ich es, Werthern mich zu geben, oder soll ich Dir, o Albert, mein Leben, mein Glück, kurz, mein Alles überlassen? Ueberlassen will ich Dir es ganz. Ich habe Dir's angelobt, hab's geschworen, schon bey Deinem ersten Anblick geschworen, die Deine dereinst zu werden. Werther selbst hat mir's gesagt, daß Du eine gute edle Seele seyst. Wohlan! ich will, ich will Deine Braut seyn.

18.

Aber der gute Werther! Sein Betragen peiniget mich ängstlich, und ich weis doch eben so gewiß,

wiß, daß er Alberten hochschätzt, als ich weis, daß dieser ihn mit herzlicher Freundschaft umfaßt. Um alles in der Welt, bat ich ihn heute, keine Scene, wie die neuliche. Sie sind fürchterlich, wenn Sie so lustig sind. Aber alles vergebens. Eben kommt er in die Laube geschlichen, in der Albert mit mir ist, setzt sich neben uns, spricht eine Weile scherzend, steht auf, rennt mit der größten Behendigkeit auf einen Rosenstrauch zu, kniet auf der platten Erde, pflückt mit blutenden Händen die Dornen davon, und als wir ihn bitten abzulassen und bey uns zu bleiben nöthigen, und darum fragen; erhebt er ein Freudengelächter und giebt vor: 's sey sein Vergnügen.

Schon vor der Dämmerung als ich ins Gärtgen kam, weis der Himmel, mit welchen Staunen ich Werthern da auf einem Baume hangend erblickte, dessen Aeste vor allen andern Bäumen am meisten in die Höhe ragten, am ganzen Leibe zitternd ihm zurufte, helfen wollte, und es nicht gleich konnte, und er, wie er mich sah' und hörte, auf einmal übernatürlich schnell herabsprang, unbeschadet zu mir eilte, zu meinen Füßen hinstürzte, zehnmal um Vergebung bat, mit der liebenswürdigsten Geschäftigkeit mein Schrecken zu vertreiben bemühte, dann ausgelassen vergnügt war, mir die zärtlichsten Worte vorsagte, und doch immer noch furchtbar lustig schien: o weis der Himmel, wie mir dabey schauderte. Keine Scene mehr so, bat' ich. Weg mit alle dem Zeitvertreib, weg damit! Angstvoll wallt nur das Blut in meinen Adern, Kummer durchfoltert meine Seele, und entsetzlich sind meine Blicke in die Zukunft. Er weinte bitterlich, und sprach: will's auch halten.

19.

Möcht' aber doch gleich vergehen über die Ereignisse alle! Kommt da ein wackrer guter Junge gelaufen, den ich in unserm Hause am meisten schätze, weil er in allen seinen Unternehmungen gewissenhaft und treu ist, kommt, und pispert mir in die Ohren, wie er am vorigen Abend schon weit in die Nacht, da er ein Paquet in die Stadt zu tragen noch durch den Wald gehen müssen, die erbärm=

erbärmlichsten Klageworte jammern gehört. Furcht und Grausen hab' ihm im Herz gesessen: er aber habe doch sich ermannet, sey getrosten Muths weiter nach dem Getöse zugegangen, und habe, als er näher gekommen, an einem ganz unwegsamen Orte auf einem Baume einen Mann gelehnt funden, alleine und im dichtesten Gebüsche, dessen Sprache ihm sehr bekannt geschienen, und der auf sein Anreden ihm geantwortet, daß er von Räubern dahin getrieben worden sey. Durchdrungen von Mitleiden hab' er ihn mit sich ins nächste Dörflein genommen, ins Wirthshaus bracht, und alsdann am Kleide und allen übrigen erkannt, daß es der Herr gewesen, welcher des Nachmittags unser Haus besuchte. Dieser hab' auch ihn erkannt, sey unwillig worden, habe sich von ihm losgerissen, ihn nicht weiter sehen wollen, und er sey dann seine Straße in die Stadt vollends gegangen.

Mein Herz, wie blutet' es mir bey dieser Erzählung! O Werther, Werther, welch' eine entsetzliche Nachricht, wohin gerathen Sie? Sollen

Wälder Ihr Aufenthalt, Nachtwanderungen Ihr Zeitvertreib werden? Ist das die Erfüllung des Versprechens? Sie beugen mich sehr, und ich fange an zu fürchten. Nur gestern erst haben Sie mir Ruhe zugesagt, und gestern Abend, ein paar Stunden darnach — Möcht' gleich vergehen!

20.

„Die Weiber sind darinn fein und haben recht. Wenn sie zwey Kerls in gutem Vernehmen mit einander erhalten können, ist der Vortheil immer ihre, so selten es auch angeht!"

Das würde Werther unmöglich gesagt haben, wann er immer mit geruhiger Seele bedacht hätte, was er sagen wolle. Doch in etwas könnte dieser sein Spruch mit der Wahrheit bestehn.

Sie glaubte verbunden zu seyn, einen Liebhaber, wie Werther, nicht durch ein grausames mürrisches Wesen mit einem mal unglücklich zu machen.

„Ich

„Ich betrüge mich nicht," sagt er, „ich lese in ihren schwarzen Augen wahre Theilnehmung an mir und an meinem Schicksale."

Konnte Sie dafür, daß ihn selbst ihr Mitleid in neue Glut setzte?

„Wie mir das durch alle Adern läuft, wenn mein Finger unversehens den ihrigen berührt."

Unversehens. Er selbst. Merken Sie wohl.

„Wenn unsere Füße sich unter dem Tische begegnen! Ich ziehe zurück, wie vom Feuer und eine geheime Kraft zieht mich vorwärts."

Seine erhitzte Phantasie war das Feuer, von dem er zurückzog, und die geheime Kraft, die ihn wieder vorwärts riß.

„O und ihre Unschuld, ihre unbefangene Seele fühlt nicht, wie mich die kleinen Vertraulichkeiten reinigen."

Ein einziges Wort hätt ihn der Pein überhoben.

„Wenn sie gar im Gespräch ihre Hand auf die meinige legt und im Interesse der Unterredung zu mir rückt" ——

Kopfhängerinn war sie nicht. Und wäre sie es gewesen, würd' er es allezeit sehr wohl haben begreifen können, was er manchmal nicht begreifen konnte, wie sie ein anderer lieben könnte, lieb haben dürfte.

„Daß der himmlische Athem ihres Mundes meine Lippen erreichen kann. Ich glaube zu versinken" —

Machte Er oder Sie Ihren Athem so bezaubernd für seine Sinne?

21.

Weine hier, wem es gegeben ist zu fühlen, wie armselig und schlecht es mit dem Besten auf Erden aussieht! Und wär er ein Engel an Tugend und ein Mensch mit Menschen in Gemeinschaft, wär' ihm drum besser? Würde der boshafte Nachbar sich minder an ihm ärgern und ihm für seine redlichsten Thaten Ach und Weh zurückzugeben aufhören?

Ich

Ich bitte, das wohl zu erwägen, und es wird euch allen, die ihr es thut, nützen, wie eine aufmerksam gehörte Predigt.

22.

Das Andenken, dessen mich Ihr aus der geringen Bauernherberge gegebener Brief, da Schnee und Schloßen sich ziemlich lustig mit Ihnen gemacht hatten, versichert, bringt ganz in meine Seele, und ich danke Ihnen so warm, so lebhaft davor, daß man kaum mit mehr Lebhaftigkeit denken kann. Sie sind noch immer der gefällige Mann, der Sie mir gleich am ersten Tage waren, als ich Sie kennen lernte, und mein Gefühl sagt mirs, sagts Ihnen laut und schriftlich, wie verehrungswürdig Sie mir sind.

Nur beruhigen Sie sich, guter Werther, um alles, was Ihnen heilig ist, bitt' ich Sie, beruhigen Sie sich! Ueberlassen Sie sich Ihren Zerstreuungen nicht so sehr, daß Sie dabey Ihres Lebens und der Kraft Ihrer Seele vergessen sollten. Rüsten Sie sich mit Muthe dagegen, und sehen

sehen Sie allen Begegnißen, die wir uns schwe:
rer, aber auch oft leichter machen können, getrost
in das Auge. Laßen Sie Ihre Sinnen heiter,
und Ihre Stunden froh, ists möglich; immerdar
selig seyn. Noch einmal, mein Bester, beruhigen
Sie sich! Unsere Knochenmaschine kann niemalen
die ihr auferlegten Verrichtungen mit der erforder:
lichen Genauigkeit abwarten, wenn ihrem Trieb:
werke die innere Ordnung mangelt. Bedenken
Sie Ihre Bestimmung, und erhalten Sie sich
dem Staate, erhalten Sie sich Ihrer Zukunft!

Die Fräulein von B.. möcht' ich schon ken:
nen, so viel Komplimente Sie mir auch zu dieser
Bekanntschaft machen mögen. Man thut Ihnen
auch wohl gros Unrecht, wenn man Sie manch:
mal einer kleinen Lügen beschuldigt, und, wenn
Sie selbst meine Meynung schon vorher prophezeyen,
handeln Sie nicht auch hierinne artig? Wie gern
wär ich bey Ihren ländlichen Scenen, wenn
Wünsche der Sterblichen was vermöchten! Die
Die Fräulein B.. lieb' ich schon, weil sie Ihre
Freundinn ist. Empfehlen Sie mich ihr. Viel
leicht,

leicht, daß ich Sie einmal überraschen kann, vielleicht auch —

Meine Kleinen küßen Ihnen die Hand. Sie plaudern den ganzen Tag nur von Ihnen, und von Ihren Mährgen, und wenn sie nun uneins werden, und einer in der Erzählung etwas vergeßen hat, und der andere es beßer weis, und der dritte noch mehr dazu setzt, und dann sich wechselsweise widersprechen, und in der liebenswürdigsten Bosheit mit einander dahin kollern: o weis Gott, wie oft ich Sie dann dabey zum Schiedsrichter unter sie wünsche. Besuchen Sie uns bald, wenn's möglich ist, und leben Sie wohl! Albert ist bey mir. Er liebt Sie und schätzt ihre guten Eigenschaften hoch. Leben Sie nochmals wohl, und fein ruhig!

23.

Albert und ich, wir sind nun ein Paar, leben vergnügt zusammen, haben unsre Tage in aller Zufriedenheit gesegnet, und doch heute — O die Hölle kann ich mir nicht so Schreckensvoll denken, als

als der Vorwurf mich nagt, den ich eben ganz unverdient dulten müßen. Unverdient? Ja, unverdient. Ich, ich treulos? Weis Gott, hab nicht einmal den Gedanken faßen können, was treulos sey. Soll bloß Werthers Brief: bin dir unbeschadet in Lottens Herzen, habe den zweyten Plaz darinne, die Quelle zu diesem Mistrauen seyn. Ist er es: o so sey es der lezte, den er uns geschrieben; der lezte, den ich gelesen. Ja, Werther, Sie sind Schuld an unsrer Mishelligkeit, Schuld an dieser meiner Quaal. Nein, Sie sinds nicht. Heilig ist mir Ihr Andenken, ist mirs, und solls auch bleiben. Aber Ihr Brief, nur Ihr Brief ist Alberten aufgefallen. Unbeschadet! Was heißt das: unbeschadet? Treulos? Nein, nein, das heißt es nicht. Der Gedanke tödtet mich. Uebeln Folgen ist auf diesem Weltball doch nichts so sehr unterworfen, als Unvorsichtigkeit und Argwohn. Werther unvorsichtig: Albert argwöhnisch. Argwöhnisch? Nein, er ists nicht, ich thu ihm unrecht. Was ich da rede! Wohin mich der Vorwurf treibt? Nein, 's war auch nicht Vorwurf, nur

geringes Misvergnügen. Aber was mich das martert, unbeschadet! Was michs kümmert, was mirs das Herz peiniget! Meine Leiden mehren sich, wie die schwarzen Wolken des Donners. Ich nehme ab, meine Nerven vertrocknen, und meine Sinne vergehen mir.

24.

"Ja es wird mir gewiß, gewiß und immer gewißer, daß an dem Daseyn eines Geschöpfs so wenig gelegen ist, ganz wenig!"

So entschuldigt ein arger Gedanke sich selbst, um in der Seele Fuß zu fassen. Bald steht er vest, wie ein Thurm. Und Entschluß und That werden Eins. —

Wie der Mensch, gleich einem Instrument sich verstimmt! Und dann hat er der Gedanken nicht Einen, der da wäre ein reiner Laut, ein Laut, der das Ohr, eines Engels vergnügte und sich mit dem tönenden Spiele eines Engels zu verbinden wagen den dürfte.

25.

Wann man einmal in der Schlinge steckt, verschlingt ungestümes Wenden und Drehen und Schütteln und Werfen unauflöslich. — Das Bild, wie ich sehe, will zu dem nicht paßen, wozu es sollte; Drum mag es da stehen, wie ein überflüßiger Schnörkel, den der Baumeister wohl weislich anbrachte, um ihn anzubringen.

Einmal hatte Er jenem nicht arg scheinenden Gedanken Herberge gegeben. Und nun war dieser Herr und nicht der Verstand. Das und nicht eben ursprüngliche Boßheit hat von jeher tausend Unglücksfällen, hier auf der Kugel, die unter unsern Füßen wie ein Kreisel herumschnellt, an das Tageslicht geholfen.

Er beschloß, von der Welt zu gehn, weil er mehr gutes als böses zu stiften wähnte; mehr zu gewinnen, als zu verliehren gedachte; und er führte die That aus, weil ihn in der Ausführung nichts hinderte und ihm Zeit verschafte, nüchtern zu werden.

26.

26.

Und diesen Elenden zu bedauren, ist ein jeder pflichtig, wer Menschengefühl hat; — ihn bedauren, heißt ja nicht: ihn nachahmen; heißt nicht: seine abscheuliche That als eine trefliche preisen.

— Jetzt stellt euch vor, er habe die That noch nicht gethan, er sey noch unter den Lebenden, und schwanke um den Abgrund herum, in den er sich zu stürzen gedenkt.

27.

Sie, die liebenswürdige, sie fühlte Mitleid, die wärmeste Theilnehmung, so wie sein Herz immer kränker und kränker wurde. Sie fühlte, was der Unglückliche duldete und sagt' es ihm einst, da sie mit ihm allein war, durch einen Blick.

Durch einen Blick, den nur bösartige Herzen werden übel gedeutet haben. 's war ein Blick, der da es ganz sagte: Ich hülfe gern, Ihnen gern aus all Ihrem Elend! Sähe mein Leben um das Ihrige nicht an. Aber unmöglich ist, was ich wün-

wünsche. Kann auch der Wunsch des Einen Ge⸗
fangenen, den Andern ledig zu machen, den An⸗
dern auch wirklich in Freyheit setzen?

Dieser einzige Blick sollte Sie liebenswerther
machen, als alles —

Dieser Blick, abgesandt, ihn zu besänftigen,
die Stürme seines Herzens zu beruhigen — gab
ihm nur neuen Stof, zu wüthen und ihr, der
Edelmüthigen unzählige traurige höchst schmerz⸗
liche Augenblicke.

Der der mich versteht, wird es schon wißen,
was da wohl kommen möchte, und dieses Kapitel
hiemit geendigt zu sehn wünschen.

Und wer ist lieber am Ende, denn ich?

28.

Ich halte sie nicht aus, nein, ich halte sie nicht
aus, all die schwarzen Jammervollen Tage, die
mir um mein Haupt herum schweben, all die heüen
Bekümmernißhe, die vereint auf mich los walzen.
Den müßen Felsen erzeuget, und wilde unbändige
Thiere das Herz gebildet haben, den nicht das
undenk⸗

undenkliche Elend des Mannes jammert, der bey meinem guten Vater so lange Schreiber war. Wenn man sie ansieht, die erschrecklichen Grimaßen, mit welchen er seine Wolthäter von sich verwünschet; ansieht den winselnden Zustand, in dem seine Seele sich froh zu seyn dünket, ansieht die erbarmungswürdige Begegnung, mit der man seinem verworrenen Vorgeben, seinem elenden zerrütteten Gehirne steuren muß, und anhört die unmenschlichen Jammerklagen, die aus seinem Munde, wie aus einer reichhaltigen Quelle, heraus heulen: das Herz möcht' einem springen, und die Adern sich von einander reisen. Das zu schauen, und der Thräne, und des wärmsten Mitleids sich zu enthalten, kann keine männliche Seele, auch nicht eine. Gleichwohl ist die Ursache all der Verworrenheit, all des tobenden Ausbruchs nichts, als eine unglückliche Leidenschaft. Guter Gott, bewahre du einen jeden, der auf dieser Erdbahne wallet, einen jeden, der der Wuth seiner Leidenschaften keine Zügel anzulegen weis, vor der Schaudervollen Staupe, deren Andenken allen Empfind-

C 3 samen

samen das Haar empor richten macht, und laß eines jeden Vernunft, nie von Leidenschaften geblendet, immerdar die Beherrscherinn seiner Handlungen seyn. Gieb dem Mitleidenswürdigen den Gebrauch seiner Sinne wieder, und rette, wenn keine völlige Linderung dieser Hölle möglich ist; o so rette seine Seele aus dem Kerker. Erbärmlich ist sein Anblick, und beym bloßen Andenken an das Elend stürmt Entsetzen in mein Herz. O, mag ihn nicht wieder sehen, den Gepeinigten, nicht wieder hören, den Quaalvollen, nie wieder! Hülfe aber wünscht' ich ihm, gäb sie ihm, wenn sie möglich wäre.

29.

Außer den gewesenen Schreiber meines Vaters, hab' ich noch nie einen so kranken Menschen gesehn. Sein Zustand hat mein ganzes Gefühl getödtet. Aber auch Werther ist krank, sehr krank. Ich seh das an all dem Betragen, an all dem Aeußerlichen, so sehr er sich auch zu verstellen Mühe giebt. Möchten doch nur meine Ahndungen Träume, leere

Träu-

Träume seyn! Immer sind musicalische Vergnügungen vor seine melancholische Laune noch eine gute Arzney gewesen, und ich habe gar oft seine Stirne, wenn sie finster war, mit meinem Klaviere erheitert. Jetzt ist auch das ihm verhaßt. Seine Lieblingsgerichte widerstehen ihm. Wenn ich noch so manichfaltige Melodien zu spielen glaube, selbst diejenigen anstimme, die ihm oft so süße, so göttlich schienen: so fährt er jählings in die Höhe, geht in der Stube auf, geht nieder, murmelt so vor sich hin, bittet mich still zu seyn, und ich muß ihm gehorchen. Was ich da vor veränderte Scenen schauen muß! Ach daß doch Ruhe und Zufriedenheit in seiner Seele ihren immerwährenden Wohnplaz aufschlagen, und Wonnevolles heiters Wesen sein Herz erfüllen möchten! Auch ich fühle sonst Unruhe: auch ich zittre sonst einem ganzen Meere von neuen Leiden mit schaudernder Ahndung entgegen.

30.

„Jetzt, da ich allein bin, ganz allein bin, ich will ihm — schreiben? — Das würd' ein Streich seyn, der mir tausend neue Thränen zu wege bråchte! Würd' er an ihm was fruchten? — Ja, wann ich schreiben könnte! Ja, und ich schrieb, und ich bät ihn, bät ihn, bey meiner Liebe, bey seiner Liebe — und bey was sonst mehr? — und Albert läs es! Mit den eifersüchtigen Augen — der aufmerksame, gekränkt sich glaubende Albert läs es! Mein Herz, mein ganzes wundenvolle Herz empört sich bey diesem Gedanken. Albert! der Himmel weiß es, ich selbst weiß es, was du nicht wißen willst, Dich nicht überreden kannst. Nicht mit Einem Kuß, nicht mit Einem Blick hab ich deine Rechte gekränkt! Nicht mit Einem, seit dem ich Dein bin. — Um der Leute willen, sagtest Du, sollte ich dem Umgange mit ihm eine andere Wendung geben, seine Besuche abschneiden. Um der Leute willen? Ist das alles in allem? Du vermochtest nicht, zu sagen: Wann Du Alberten lieb hast. Dem Umgange mit ihm eine andre Wendung geben? Das will so viel, als hätt ich Dir meine Liebe entwandt und sie jenem zugeworfen? seine Besuche abschneiden?

Wann

Wänn Du es nicht kannst, wie weit weniger ich? —"

Thränen endigten, sie legte ihr Haupt, von Kummer und Sorgen darniedergedruckt, in den gebogenen Arm, weinte eine Zeitlang fort, ihr gepreßtes Herz fühlte Linderung und ein sanfter Schlummer deckte mit seinen Fittigen die Müde.

31.

Wie mir das im Herze pocht, und alle meine Sinnen nagt, wenn ich mir sie denke, die Einschränkung, in die sich Werther gebannt hat. Gestern nur, o was war das für eine Scene! Leichte sehr leichte könnt' er sich der Bande erledigen, durch die er gefeßelt zu seyn sich einbildet, wenn er nur all den guten freundschaftlichen Bitten, all dem wohl gemeinten Rathe sein Gehör nicht versagte. Da, als ich ihm von den Christgeschenken vorredete, von den Vergnügungen der Kleinen sprach, und ihm nicht eher als den Wernachts abend wieder zu kommen anlag, selbst um meiner Ruhe willen ihn darum bat: in was ver Verwirrungen er da gerieth, o das laßt mich schweigen! Mir schmettert's ins innerste Mark, wie von einer donnernden Wolke getroffen, als Albert bey seiner Ankunft Werthern frostig grußte, dieser jenem eben so antwortete, beide in dieser Lage mit einander blieben, beide ganz gleichgültig von einander schieden, und ich — weis der Himmel, wie unverdient — von Alberten viel ungewohnte Reden dulten muste. Nur das, Werther, daß Sie nicht eher kommen, als den Weynachts abend, nur das, an sich so unschuldig, schien Alberten strafbar, nur das war die Quelle all des Misvergnügens, das in der Folge so zunahm. Ich hab' es aus gutem wohlgemeinten Herzen gesagt, dacht' auch nicht, daß daraus solche Folgen entstehen könnten, und doch willst Du, o Albert, der Du mein Inneres kennst, willst mich ganz zur Thräne machen.

32.

Ich verstehe sie, verstehe sie ganz, die Pantomime, o Albert. Aber ich schwör' es Dir bey meiner Liebe und bey Deiner Liebe, schwör' es bey

all

all dem, was uns heilig ist, mein Herz ist rein, wie meine Gesinnungen und mein ganzes Verhalten. Nicht mit einem Worte hab' ich meine ungefärbte Treue gegen Dich verlezt, nicht mit einem Gedanken. Höre, höre nur meine Unschuld. Aber nein. Du hast sie schon gehört, kennst sie. Und doch immer noch so gleichgültig, immer noch so einerley. Albert! Albert! Ich bin unschuldig. Mein Herz ist mir zerrißen.

33.

Klagen will ich, muß es auch, hier in meiner einsamen stillen Stube, in der mich Albert allein läßt. Dem Himmel will ich meine reine unbefangene Unschuld klagen, daß er ihm das Herz rühre, damit er auf meine Rechtfertigung merke, und mir all seine Güte wieder schenke, wie man sie einem Freund wieder schenkt, in deßen treu Gesinnungen man aus Uebereilung Mistrauen gesezt hat. Wills klagen, und kanns nicht, so voll Wehmuth ist mir das Herz. Ohne zu hören, was ich da noch zu sagen hatte, gieng er hinaus, lief fort, da ich nur Werthers Namen nannte.

Das

Das ist übertriebner Argwohn! Ich werde geängstet, gefoltert, wie einer, der von Furien herum getrieben wird. Hier der liebenswürdigste Mann, deßen Edelmuth und Treue ich mit dem wärmsten Herzen anbete: dort der gefälligste Freund, deßen Rechtschaffenheit und gute Seele jeder Empfindsame verehrungswerth finden muß. Diesem nur Hochachtung: jenem aber lebhafte Liebe schuldig zu seyn: beides immerdar meine Hauptbeschäftigung; beides in der strengsten Genauigkeit von mir befolgt. Und doch, Albert, und doch —

O wär ich hinunter ins Dunkle des Grabes, hinunter, wo immerdar all die selige erquickende Ruhe herrscht, die man hier auf diesem ganzen weiten Erdball unter den Lebenden in solcher Harmonie nie schmecken wird, nirgends finden kann.

Nein. Der Gedanke ist schrecklich, strafbar, ganz ohne mein Bewußtseyn herausgesagt. Ich mag es nicht. Ich will hingehen, hin zu Alberten, will ihm alles erzählen, weichmüthig und frey erzählen, ihn von meiner Unschuld überzeugen. Villeicht, daß

Mit

Mitleiden in sein Herz bringt, vielleicht daß er meine Vorstellung anhört, und mein Verfahren billiget.

34.

Weiter kann ichs nun nicht aushalten. Meine Sinnen vergehen, und meine Glieder zittern. Die Nachricht: Werther verlangt Pistolen, will verreisen, wühtet in meiner Brust unauslöschlich. Eine Reise zur Zerstreuung hat keiner Pistolen nöthig. In dem Worte, Werther, liegt eine Hölle. Ich werde unruhig. Kann mich nicht entschliesen. Ich will, wills Alberten sagen, mich zu seinen Füssen werfen, und es ihm sagen, daß er zu Werthern geht, und ihn abhält. Mein Blut tobt in meinen Adern, und mein Zagen wird größer. Wer hat hier die Fassung der Männer, einem Ausbruch von solcher Macht zu widerstehen?

35.

Lottens Jammer war unaussprechlich, als der Bediente, dem sie die Pistolen hatte reichen müssen,

die

die Nachricht der schrecklichen That überbrachte. Wahrscheinlich ist es, daß dieses Uebel ihrer Seele ihren Körper entkräftet und so ihr Leben beendigt.

Lotten sterben zu sehen: vielleicht eine eben so rührende, als unterrichtende Scene! Nach meinen Kräften will ich sie so lebhaft als möglich auch gegenwärtig zu machen suchen.

36.

Nach meinen Kräften, sag ich Und ich setze hinzu: wie mirs vermöge dieser beliebt. Ohne Zweifel wird der, dems gilt, das nicht zum Ueberfluß gesagt finden —!

Aber Sie, meine Leser, die Sie auch sogleich an Lottens Sterbebette stehen möchten, bitt ich zu bedenken, daß in der Welt ein jedes seinen Grund und seine Weile habe. Und so zauberisch es vielleicht auch in diesem Werkchen einhergegangen ist und hoffentlich noch einhergehen wird; so mach ich mir doch hier überaus viel Gewißen, mit Ihnen einen Sprung zu wagen, der Ihnen zu allerhand Misvergnügen und Unzufriedenheiten Anlaß geben könnte;

kannte; die ich Ihnen größtentheils zu ersparen mir verspreche, wenn ich die Weise einer jeden Geschichte, einer jeden Begebenheit, eines jeden Vorfalls, eines jeden Mährchens in Acht nehme — das nämlich, was vorher, nicht zuletzt, und was zuletzt geschehen, nicht zuerst setze.

37.

Albert kam zurück — woher, verdient nicht, daß ich es sage — außer sich und bestürzt. Lotte sahe seinen Gemüthszustand, und hatte den Muth nicht, ihn um irgend was zu fragen, so sehr sie auch von Begierde zu fragen brannte. Unterweilen, wann schon ihre Lippen sich aufthun wollten, schloß sie ein Etwas wieder zu, und so wie ihr immer die Dreistigkeit zum Sprechen wieder entgieng, verlohr sie sich allemal aufs neue — bald war's ihr wie völlig gedankenleer, bald füllten die Leere ihrer Seele Gedanken, die mit sich im Streit lagen, und die sie zur Ruhe zu bringen nicht vermochte.

„Der Liebenswürdige! — Liebenswürdig? Ja und selbst um dieser seiner entsetzlichen That willen?"

„Ich

"Ich gefiel ihm! Wie? – Auch ohne alle das mindeste vorsetzliche Bestreben, ihm zu gefallen?" –

"Dort ist er. Aus sind seine Leiden. Hier! Aber wie dort?"

"Glücklich! — Warum so zaghaft?"

"Könnt' er doch wieder kommen und mirs sagen!" —

"Wenn er's nun nicht ist und ich — — hätte sein ewiges Wehe auf meiner Seele! — und ich hätt ihn mit selbsteigner Hand hinuntergestoßen in den Abgrund —"

"Schauderhafte Ungewißheit! Räthsel, wer ist so geschickt, dich zu errathen?" —

"Wenn er's nun nicht ist!" brach sie laut — "Nun nicht ist!" —fuhr auf, rang die Hände — eine Ohnmacht befiel sie.

38.

Albert, der kaum während seiner tiefsinnigen Sprachlosigkeit hörte, was sie rufte, und sie, wie leblos hingesunken sah, stürzte erbstlos über die Ohnmächtige und blieb selbst bey ihr wie entseelt liegen.

liegen. In dieser Stellung war es, wie sie Lottens Vater fand, der bey dem ersten Anblick ungewiß war, ob er bleiben, oder wieder gehen solle.

Er war gekommen, um sie beyde einigermaßen aufzurichten.

Lotte kam wieder zu Athem. Und Albert rief neubegeistert: Sie lebt, sie lebt! —

Noch war sie zu unvermögend sich wieder aufzuraffen. Beyde ihr Vater und ihr Mann halfen ihr auf, und führten die Zitternde zum nächsten Sessel und setzten sich beyde neben ihr. —

39.

Fürwahr, zu mehr als einem Kapitel Stoff, wenn ich Zug für Zug übertrieben ängstlich wie ein Porträtmahler, der sich vornähme kein einziges Sommersprößchen aus der Acht zu lassen — mitnehmen wollte, wie die Ohnmächtige immer mehr und mehr wieder auflebte, als sie sich in der Gesellschaft ihres guten Vaters erblickte; wie man durch allerhand Einfälle und Wendungen sich des traurigen Vorfalls in etwas zu entschlagen suchte; sich bey einem Glas Wein die nöthige Stärkung ertheil-

ertheilte; die Gesellschaft durch einige von Alberts Freunden anwuchs; wieder bis auf die erstern drey herabfiel! und so und so der Tag der heftigsten Bestürzung hingebracht wurde; — von alle dem sey es Euch gefällig mir die Ausführung zu erlassen, um lieber wieder zurück gehn und ein flimmerndes Steinchen aufheben zu können, das ich vorhin aufzuheben keine Lust hatte.

40.

Alberts tiefsinnige Sprachlosigkeit meyne ich. Eine Sprachlosigkeit, die die Sprachlosigkeit der jungen feinen Jünglinge, deren Seelen auf den Bänderchen und Blümchen ihrer Gebietherinnen auf und nieder gaukeln und drüber das Sprechen vergessen, weit hinter sich zurück läßt. — Ganz anders Ding ists, mit den Gedanken umherschweifen und keine Worte, sie einzukleiden, in Bereitschaft haben, als: auch nicht das mindeste Gedänkchen auf die Bahn bringen können und die Augen drehen, wie ein Dratmännchen. —

Sein Gewissen ward in ihm rege. Es wollt' ihm Vorwürfe machen. Noch machte es ihm keine.

ne. 's war in seiner Seele, wie, kurz, eh das Donnerwetter anhebt, schwühl und bang — Solltet ihr nie dergleichen Erfahrungen gehabt haben?

41.

Nun war die Zeit da, welche der Alte zu der Beerdigung des Unglücklichen festgesetzt hatte. Einer seiner Söhne kam —

Was Lotte hier fühlte, fühlen mußte, wie es ihr Herz beklemmte; — und, als der Knabe den Vater zu kommen anlag, und ihm sagte, es sey alles in allem fertig, nichts fehle, nichts, denn er nur; und dabey eine und die andere Thräne sich von den Backen wischte; — es ihr mit einmal so weich in ihrer Seele ward, daß von ihren Augen der Thränen immer mehrere herabrollten; Albert das sah; seine angenommene Standhaftigkeit nicht weiter reichte; er sein Gesicht wandte; Sie, die nicht mehr zu stehn vermochte, sich setzte; der gerührte Alte lieber nichts sagte; der Knabe beyden die Hände nahm, sie drückt' und küßte, mit einer Thräne sie netzte und weinerlich: Gute Nacht, Schwester! Gute Nacht, Bruder! weinerlich rufte —

"Gut-

"Gute Nacht, Kinder!" — noch von der Thüre her schallte —

Meines Bedünkens ein viel zu feyerlicher Auftritt, als ihn nur noch mit einem Worte mehr zu entweihen.

42.

Und hiermit, gute Nacht! Leser, der Sie vorstehendes Kapitel zu nackt, zu kahl, zu leer, zu dürftig, zu armselig finden! —

Hoffentlich wird Ihnen mein Wunsch überreichlich gewährt werden. —

Da liegt das gute Büchelgen am Boden! Ha! Ha! —

Still! Morpheus giebt mir einen Wink; und ihm gehorsam bind ich meine Lippen und lasse den allerliebenswürdigsten Nicklopf in guter Ruhe und ungestöhrt. —

43.

Es einem jeden nach seinem Sinne zu machen; ein Ding, woran alle gelernt haben, seit dem mehr, als zwey, Menschen zu seyn anfiengen;

und

und keiner, wenn ich nicht irre, es weder begriff noch in Ausübung brachte.

Und niemand hatte jemals zu beyden so weniges Geschick, als — die Herrn Schriftsteller selbst. Durch ihre Schuld zwar nicht allein, aber doch mit und am meisten. —

Nie waren die Leser untereinander selbst einig. —

Derweilen ich zum Beyspiel dem eine kleine Mittagsruhe zu halten vergönne, murrt der andere, daß ich ihn aufhalte.

Was würde wohl in der Welt vollbracht werden, wenn wir nirgends, nirgends in unsern Unternehmungen ein wenig aufgehalten würden?

So tröste sich, wer zu den Misvergnügten von meinen Lesern gehört! Und fahre geduldig fort und überschlage noch überhüpf' er eine Zeile! — Je hüpfender man liest, je weniger man genießt.

44.

"Gute Nacht, Kinder!" — Diese drey Worte kann ich kühnlich allen Tonkünstlern, deren Deutschland nun eine ziemliche Anzahl zu haben anfängt,

anfängt, es in Noten zu bringen aufgeben und —
was gilt die Wette, mein Herr? — und keiner
soll mir diesen schlechten drey Worten die lebendige
Melodie zu geben im Stand seyn, die sie in dem
Munde hatten, der sie aussprach, für die Ohren
hatten, die sie hörten und für die Seelen, denen
sie galten.

45.

War jemals eine: Gute Nacht! es werth,
nicht bloß unkräftiger Schall zu bleiben, so war es
gewiß, ausser allem Streit, diese — Aber so hatte
auch sie das Schicksal unserer beßten, wohlgemeins
testen Wünsche:

Sie blieb, was sie war, ehe sie gedacht, ehe sie
ausgesprochen wurde; was sie war, wie man sie
aussprach: — Wunsch, das ist: ein Nichts. Und
sie blieb es weil's Unmöglichkeit war, was mehr
reres zu werden; und die man nicht gewünscht ha
ben würde, wann man sich nicht übereilt hätte.

Fromme Uebereilung, die ich allgemein —
doch aber zu rechter Zeit und gehörigen Orts —
allgemein zu sehen wünschte. Eine Uebereilung,
die niemals noch Schaden gestifftet!

„Gute

"Gute Nacht, Kinder!" — Sie hatten weder Schlaf, noch Ruhe der Seele. Die guten Kinder!

46.

Wem die Zeit seit dem Abschied des Alten herzlich lang worden ist, und wem es sich ein wenig zu vergessen beliebt hat, denen wird es beyderseits gerade recht seyn, wann ich ihnen melde, daß wir uns früh zwischen fünf und sechs Uhr befinden.

Eben ist Sie in einen leichten Schlummer gefallen. —

Unter einer Weide sieht sie sich sitzend; — alles lächelt, Abendhimmel und Natur; — Nur sie nicht! — Eine Jünglingsgestalt mit fliegendem Haar, fleucht sie vorüber; — "Wehe mir und Dir!" — Der Himmel schwärzt sich; — "Wehe mir und Dir!" — ihr Herz klopft; Wasserfluthen rauschen von weitem; — sie entflieht; — umsonst; — alle Gegenden, wo sie hin irrt, hinsieht, sind, mit einmal unter Wasser; — noch steht sie, vom Boden getragen und doch hebt sich die Fluth immer höher und höher; — der

Mond beleuchtet das Dunkel und färbt fürchterlich hell nahe und fern die rauschenden Wellen; — da schwimmt er, der Jüngling ausgestreckt, blaß sie vorüber; — lang hin zieht sich sein tropfenschweres Haar; — Da sinkt sie von einer Tiefe zur andern; — will rufen: "Wehe mir! "und känn's nicht; — wie sterbend arbeitet ihr Herz in der Beklemmung; — sie schauert auf; — ihre Sinnen werden wach —" ein Traum! ein Traum!" —

Kalte Tropfen liegen wie ein Thau um ihre Glieder. —

Unvergeßlich war ihr den folgenden ganzen Tag und viele Tage nachher diese schwere Ahndung. Immer schwebten ihr alle diese düstern Bilder vor Augen und in der Seele; und wurden, je öfterer ihre Einbildungskraft sie anfrischte, in ihren Wirkungen immer fieberhafter und für ihre Gesundheit immer zerrüttender. In den Nächten kehrten sie bald unter dieser bald unter jener Maske zurück und peinigten sie, wann sie mit vieler Mühe den Schlaf gefunden, wiederum munter.

Bald hörte sie Röcheln eines Sterbenden; — bald war's, als ob sie jemand rufte; —bald kam
die

die Gestalt mit den fliegenden Haaren und gab ihr bedeutende Winke. —

47.

Der muß es noch nicht wissen, wie eine bekümmerte, beängstigte Seele den Menschen zu Nacht heimsucht; seinen Gebeinen das Mark allmählig entwendet; muß es nicht wissen, sag ich, wie schreckhafte Nachtbilder in der Phantasie fest haften, wie der Baum an seiner Wurzel und die Pflanze des Lebens von unten auf verderben — der den Kopf darüber schüttelt, daß ich ihn nach seiner Meynung, zu einem Geschöpf erniedrigen können, für welches Träume so reichhaltigen und herrlichen Stoff zu Reflexionen und Aussichten in die Zukunft enthalten, als nur immer itzt in unsern Tagen gewisse politische Kapitel in den öffentlichen Blättern für den tiefsinnigen und spintisirenden Kaufmann bey seiner Pfeife köstlichen Kanasters —

48.

Eine viel zu große Zärtlichkeit hatte Sie gegen Ihn immer noch itzt, als daß Sie Ihn, dessen Herz

Sie unheilbar, wie das Ihrige glaubte, an Ihren Bekümmernißen, wenn Sie allein war, und an Ihren nächtlichen Leiden hätte Theil nehmen laßen. Sie glaubte, die edeldenkende, Sich durch Sich selbst zu beruhigen; und so sich einen Jammer zu ersparten, der unvermeidlich seyn würde, dafern Sie ihn um Ihrentwillen aufs neue in Betrübniß setzte. Und auch Sie entgieng denen schlimmen Folgen nicht, denen kein einziger Sterblicher zu entgehn im Stand ist, wann er seinen Kümmernißen entweder nicht Luft machen will; oder nicht kann. —

Nicht will, oder nicht kann! — Bey diesem wird sich, so oft er sich ein Ohr wünscht, das ihn mit aller der Willigkeit anhörte, die wahres Mitleid hervorbringt, mit aller der Willigkeit, die, gleich einer Zauberinn, dem gepreßten Herzen seine innersten Geheimniße entlockt; so oft er sich ein solches Ohr wünscht und es nicht hat; sich es wünscht und es nicht findet, die Möglichkeit es zu finden nicht sieht; wird sich sein Herz um der Eitelkeit seines Wünschens willen untröstbar und ungestüm empören und so sich selbst immer tiefer verwunden,

bis

bis es endlich ganz erschöpft, Gefühl und Leben verliehrt.

Bey Jenem vernichtet — er habe der Kraft, der Stärke des Geistes so viel er wolle! — der Gedanke: „Du list, dir selbst genug, dich um fremden Beystand nicht bewerben!" — Dieser Gedanke sey nun die Frucht einer stolzen Selbstgenugsamkeit; oder, wie bey unsrer Liebenswürdigen, die Frucht einer außerordentlichen Zärtlichkeit; im Erfolg all' Eins! — vernichtet sag ich, die Kräfte des Geistes um so geschwinder, jemehr er sie mit Einmal auffodert; um so unwiederbringlicher, je mehr er sie überspannt.

42.

Da ich fast mehr um der Lust, fleißig abzurücken, schreibe, als um des Nutzens, den hie und da angebrachte Ruhebühnen für die Leser stiften, während des Schreibens durch ein neues Kapitel, ein wenig Halte mache; und diese Lust, ich mags nun betrachten von welcher Seite ich nur will, doch im Grunde mir, wie jedem Federführer, ein sehr erlaubtes Ding ist; — die Kapitel aber so

viel

viel als möglich in allem: Innhalt und Wendung ganz verschieden seyn müssen, um die erwünschte Wirkung zu thun; — nun wer könnte wohl denn im Ernst mit mir zürnen, wenn er hier der Verschiedenheit wegen nichts von der Hauptsache, nichts von Maximen noch sonst einem nützlichen Gedanken was ähnlichem antrift; nichts mit hinwegnimmt, als die Hofnung, mit dem nächsten Absatz etwas Mehr zu finden, als in diesem.

50.

Und Sie bediente sich, diesen Ihren Endzweck zu erreichen, eines Mittels, das freylich alle die Eigenschaften eines trefflichen Mittels an sich hatte, aber durch die Mühe seines Gebrauchs für Sie zu einer Art von unmerklich und um desto gewisser wirkenden Gift wurde; Sie bediente sich — daß ich es ohne Umweg sage, — der Verstellung. Und vermöge dieser hintergieng Sie glücklich, in Ihren Gedanken, Ihren zärtlich Geliebten.

Wie 's Ihr, unerachtet Ihrer empfindlichen Natur, möglich geworden; Sie Ihrer Geneigtheit zu Ohnmachten in Seinem Beyseyn entgangen;

gen; — wann ihr mich das fragt, geb ich euch das Erste wieder zurück; und auf das Andere dient zu freundlicher Antwort, daß der Mensch, wenn er den unächten für den ächten Grund annimmt, getrost sich betrügt und betrügen läßt, und immer wähnt, er habe die Wahrheit fest gefaßt, wie einen Fleischbissen an der Gabel.

Das, was ich nun zunächst sagen muß, macht es nothwendig, euch zuvor einen geringen Umstand wissen zu lassen, den nämlich, daß wir nun wenigstens volle zwey Wochen, — wollt ihr mehr annehmen, ich bin nicht datwider — hinter jenem Tag fortgerückt sind, der durch Werthers That eine so traurige Zeichnung erhalten.

Der Zeitverfluß und Ihre anscheinende heitere Gelassenheit bewegten Ihn, einen Schritt zu thun, der ihn nachher fast noch größere Reue gekostet, als jener sein Blick, mit dem er: was denn das geben solle? fragte und die Unschuldige drängte. —

Er sagt' ihr von Werthers letztem schriftlichen Aufsatz an Sie. — Er für sein Theil hatt' ihn noch nicht gelesen. Wie er ihn auf Werthers Schreibetische gefunden, hatt' er ihn heilig aufbewahrt.

wahrt. Und er selbst, den Werther, als er noch lebend war, so eifersüchtig gemacht hatte; er selbst war nun durch seinen Tod so von aller Eifersucht frey und rein worden, daß er ein Papier nicht lesen mochte, das ihn sonst wohl zu mehr als einer Lectüre gereizt haben würde; und er selbst derjenige seyn konnte, der es Ihr überreichte.

Von niemand anders erhielt Sie es als von Ihrem Albert.

51.

Warum von dem und niemand anders? Warum nicht an eben dem Tage noch, da er es auf dem Schreibtische gefunden? —

Würdet ihr nicht, wenn ich nun einen andern Ueberbringer gewählt hätte, eben wiederum fragen: warum nicht von Alberten selbst?

Und hätt ich Sie es an eben dem Tage noch lesen lassen, da es gefunden ward: „Warum mein Herr Autor, so verschwenderisch mit Eins? Und nachher nichts! —"

Wann ich Romanenschreiber wäre, würd ich weder so noch so das Ding anzuspinnen und eine

noch

noch weit längere Friſt bis auf dieſen Vorfall hinzuzubringen gewußt haben. Da ich 's nun aber nicht bin, noch zu ſeyn den mindeſten Beruf fühle, ſo erzähl ich es Euch alles unverändert wieder, wie man mir es vorerzählt hat; und, weil mich die Pflichten eines Geſchichtſchreibers nicht binden, ohne zu unterſuchen, ob ich dem Erzähler hätte Glauben beymeßen ſollen, oder nicht. Nur um mich auch nicht unter den Alltagserzählern zu verliehren — wer die Feder anſetzt, ſoll, wie Ihr wißt, ſie niemals zum Alltäglichen anſetzen! — geb ichs Euch hie und da mit etwas verändertert Worten und verbrämt mit einem und anderm erbaulichen Gedanken.

52.

Und nun durch Hülfe der Wahrſcheinlichkeit mit unter eurer Einbildungskraft einen Knäuel vorzuwerfen, den ſie, wann ihr zu leſen aufgehört habt, abzuwinden ſich geſchäftig erweiſen kann, werd ich nun vorzüglich von hier an — ob es nicht ſchon bereits geſchehen; werdet ihr nun

zwei-

zweifelsohne zur Gnüge schon selbst wißen — werd ich euch hie und da einen Fingerzeig geben, wie ihr diese und jene vermeyntliche Lücke für euch selbst ausfüllen könntet.

Sie las es nicht in der Minute, da Sie es aus Alberts Händen erhielt, sagte der Erzähler. — Wahrscheinlich hat Ihr Mund, Ihr Auge und Ihr ganzes Gesicht recht herzlich zu lächeln geschienen; als Er seinen Prolog anhub; — und zweymal so schön; als seine Hand Ihr es reichte.

Wahrscheinlich schmelzt', als Sie es aufnahm, Ihr Herz; Sie hielt sich einen Augenblick; dankte ihm, wie solch' eine Person für ein so intereßantes Geschenk danken mußte; küßte seinen Mund; seine Hand; und weint' eine Thräne; auch zwey; auch drey —

Freudenthränen! dacht' er, Thränen des Dankes! Thränen der Liebe! —

Wahrscheinlich wußte Sie ein Geschäft, eine häusliche Besorgniß oder sonst was vor zu schützen, das die Lektüre weiter hinaussetzte; wahrscheinlich unternahm Sie dieselbe, in Seiner Abwesenheit und da sie sicher wußte, von Ihm nicht dabey getroffen zu werden.

Wahrscheinlich — Nichts weiter! Wenn die Kugel einmal in Gang gebracht ist, läuft sie von selbst! Was sollt ich sie stöhren?

Und hatte der Stoß die gehörige Kraft nicht; nun so bleibe sie liegen!

53.

Doch hat sie es nicht ungelesen gelaßen; wie mir eine ihrer Freundinnen versicherte; — sagte der Erzähler: —

Wahrscheinlich und fast möcht ich sagen: wahrscheinlich; überaus und darüber! — kosteten es ihr viel und öftere Thränen; nicht wenig Beklemmungen, Ohnmachten und alles, was dieser leidenschaftlichen Wirthschaft nur beygezählt werden kann, ehe sie in dem Entschluß fest wurde, es zu eröfnen;

Wahrscheinlich that sie es mit zitternden, das Siegel schonenden Händen; —

E Wahr

Wahrscheinlich zweifelte sie noch lang, nach der Eröfnung, ob sie wohl zu lesen anfienge; legt es zwey und mehreremale wieder hin; besann sich; nahm es wieder —— Und dann fieng sie endlich einmal an,

Wahrscheinlicherweise —— zu lesen. Plötzlich hieß sie ihr Herz innehalten und abbrechen, und unter solchen Abwechflungen hat sie es auch

Wahrscheinlicherweise bis zum letzten Buchstaben ausgelesen; und das Ende vorzüglich mit Thränen überschüttet.

Wahrscheinlich auch, es mehr denn einmal gelesen und ein jedes Wort, eine jede Wendung, einen jeden Ausruf tief in ihre Seele geprägt; tief, daß nichts, gar nichts, auch selbst die Zeit es nicht wieder heraustilgen könnte.

54.

Nicht lange darnach wurde sie von einer tödlichen Krankheit überfallen; sagte der Erzähler.

Und nimmt hiermit auf nun und immer von meinen Lesern freundlichen Abschied.

55.

55.

Nicht lange hernach! —

Wahrscheinlicherweise wahr und im strengsten Verstande. Sie hatte, wie ihr wißt, lange, bevor Werther aus der Welt gieng, lange nachher und vor der sie im Innersten angreifenden Lektüre unaussprechlich gelitten; gelitten um Werthern, und um Albert, um Albert und um Werthern, und um ihrer Zärtlichkeit willen.

Nicht lange hernach! —

Wahrscheinlicherweise drey, vier, fünf Tage hernach. Denn

Wahrscheinlich lagen ihr Werthers vermachte Gedanken so lebhaft im Sinn; wo sie hintrat, hingieng, wo sie stand; bey allem, was sie that, was sie sprach, so lebhaft im Sinn, daß in ihrer Seele nichts mehr Raum oder Herberge hatte, noch haben konnte — alles, alles in allem war so voll, so gedrängt, gerüttelt voll, wie die Fenster auf die Stätte hinaus, wo man dem jungen König die Krone öffentlich und zum Erstenmal aufsetzen will.

Wahrscheinlich besprachen sich gleichsam ihre Gedanken mit den Gedanken des Verstorbnen diese lezten Tage über, ehe sie völlig erkrankte; oder vielmehr die Kunst der Verstellung aufgeben mußte.

Und hier, glaub ich, werdet ihr es gern sehen, wann ich mit dem frostigen: Wahrscheinlich! davon gehe und dafür Sie euch redend und denkend einführe, wie Sie unter diesen Umständen unfehlbar, aller Wahrscheinlichkeit nach gethan haben mag.

Ihre Gedanken, mit den Gedanken des Verstorbnen, — die nämlich, die er zulezt für Sie aufzeichnete. —

Das bitt ich, nicht zu vergeßen.

56.

In diesem zerrißenen Herzen ist es wüthend herumgeschlichen, oft — Oefter noch hab' ich Ruhe und Zufriedenheit in seine Seele gewünscht, nicht nur gewünscht, nein, sie selbst hervorzubringen gesucht; bey jeder Gelegenheit, bey jeder traurigen Stun-

Stunde: beruhigen Sie sich, Werther, thun Sies, beruhigen Sie sich, mit aller Fülle des Herzens zugerufen: aber vergebens, alles vergebens. Hat ihm diese meine Theilnehmung, all mein Trosterfülltes Bemühen diese Wuth eingedruckt, nur mein Mitleiden sein Herz zerrißen: o! so ruf ich ihn zurück, all den Trost, zurück all die Werte, und gebe sie den Winden ins weite Weltmeer zu versenken.

Deinen Mann zu ermorden! — Welch' ein Gedanke! Ermorden den Unschuldigen, der ihn mit Liebesvoller Freundschaft umfaßt, ermorden, der die Hälfte meines Lebens ist!

Dich! — Mich! — Die Werte tödten, Werther, ermorden! Werther! Das ist grausend. Ich kann nicht weiter lesen.

57.

Ich will hinauf auf den Berg, hinauf, wo er aus dem Thal herkommt, will ihn suchen, lange, wenn die purpurfarbne Sonne vom Horizont weg ist, ihn suchen, und, wenn ich ihn nicht finde, ihn

mit meinen Thränen rufen, daß er erscheine, sich
zu meiner Seite nahe, und Ruhe schlürfe, will,
wann der blaße Mond mit seinen Gefährten her-
an naht, auch ihn fragen, ob er ihn mitbringe,
den Mitleidenswürdigen, mitbringe, den meine
Seele erwartet, und wenn er dann eingehüllt in
einen Schleyer von Wolken mirs versagt, ihn
schelten, daß er ihn nicht mitbringt, den Mitleidenswürdigen, nicht mitbringt, den meine Seele
erwartet, dann fort schleichen, mit schluchzender
Stimme ihm Nahe hinächzen, und seiner einge-
denk auch mich der Ruhe laßen. Schon seh' ich
ihn kommen, seh' ihn, will hinauf auf den Berg,
hinauf, wo er das Thal herkommt, und schauen,
wie der Wind das hohe Gras im Schein der sin-
kenden Sonne hin und her wiegt.

58.

„Weynachtsabend hältst Du dieses Papier in
Deiner Hand, zitterst und benetzest es mit Deinen lieben Thränen!" —

Das

Das war lange, lange darnach, als sie es in Ihren Händen hielt u. s. w.

Was sie zu der Verspätigung dachte. — Nichts! — Oder dachte Sie was; war's so und nichts weiter, als wenn der Brief eines Freundes unterwegens aufgehalten worden ist.

Ein wenig unzufrieden, es nicht eher gehabt zu haben —

„Wichtig, überaus wichtige Bemerkung!„

Und das, mein Herr, eine Spötterey, der Sie sich ein paar Zeilen weiter hin gar sehr zu schämen haben sollen —

Da ich dieses Kapitel vorzüglich allen Schriftstellern zum Besten, so wie die zunächst folgenden, hier einzuschalten Lust und Belieben habe — warum? — sollen Sie gleich hören; kann es in der That nichts schaden, das spitzige Herrchen ein paar Augenblicke unabgefertigt stehn zu lassen und mit einer allen Schriftstellern, in unsern Tagen, unentbehrlichen Regel dieses Kapitel zu endigen; — zu endigen, um damit sie nichts verdunkelen und sie sich desto lebhafter dem Gehirne eindrücken möge.

E 4 *Wohl-*

Wohlgethan ist es, unseren Momusknaben ein dauerhaftes Bollwerk entgegen zu setzen, von dem ihr Geschoß wiederum abprallt, und woran, wenn sie einen Sturm darauf wagen, sie sich ihre kartenblätterichten Helme zerstoßen.

59.

„Warum?„

Der lieben Wahrscheinlichkeit wegen.

„Will mir nicht dienen.„

Glauben Sie, Lotte hab in einem Athem und nicht Absatzweise ihre Dialogen gehalten?

„Doch gewiß nicht so gar, wie Schwarz und Weiß, gegen einander abstechende Zwischenreden geführt, die Sie sich zu erlauben die Dreistigkeit haben!„ —

Haben Sie niemals, Sie, liebenswürdiger Herr, mitten in der größten Rührung den Theatervorhang fallen gesehen und von dem Orchester, zu beliebiger Erhohlung einen allerliebsten Ritz! Ratz! aufgestrichen und vorgepfiffen bekommen?

60.

60.

„Wichtig, überaus wichtige Bemerkung!" —
Wie, aber? wenn ich an Ihnen die kleine Bosheit begieng, und mit Vorsatz was unerhebliches bemerkte, um das Vergnügen zu haben, Sie sich noch einer weit unwichtigern, schaalern oder vielmehr der ärmlichsten Bemerkung, die nur je gemacht worden ist, so lange die Sonne und der Mond unsern Planeten beschienen haben, entledigen zu machen. — Wollen Sie mehr?

61.

Wahrscheinlich ist es, Werther schrieb das, ohne dem Bedienten sogleich auch zu befehlen, den Brief an Lotten, so er morgens, wann er ihn der vorhabenden Reise wegen wecken käme, aufm Schreibtisch finden würde, noch eh sie abreißten, zu bestellen; oder der Bediente hab es bey seiner Bestürzung über die ganz anders gefundenen Umstände nachmals zu thun vergeßen.

Noch wahrscheinlicher ist es, Werther habe, so wie er einen Absatz am Briefe fertig hatte, bey

der völligen Verwirrung seiner Gedanken und dem Mangel an Besinnungskraft, jedesmal, was er geschrieben, sich nicht zu entsinnen gewußt; und, indem er diesen Absatz schrieb, sich von der Aufschrift: An Lotten die schleunigste Ueberbringung versprochen; wie er denn auch nicht vorher sehen konnte, daß ihn sein Bedienter vor allem Schrecken nicht sehen und er darüber in Alberts Hände gerathen würde; der an diesem Tage wichtigere und beunruhigendere Hinderniße hatte, als daß er sich des bey sich habenden Briefes erinnern und ihn sogleich seiner Lotte hätte überliefern können.

Wißt ihr es noch beßer durch wahrscheinliche Fälle zu erläutern; habt ihr von meinetwegen alle nur mögliche Erlaubniß und die Versicherung, euch nicht mit einer Sylbe zu widersprechen.

62.

Warum aber Albert noch längere Zeit mit Ueberlieferung dieses Papiers angestanden, das, vermuth ich, geschah ohne Zweifel deswegen, weil Sie und Er gleichsam einen Bund mit einander er‐
rich‐

richtet hatten, den Namen des Unglücklichen in den Tagen des unbändigsten Schmerzens nicht in die Lippen zu nehmen; einen Namen, der, nur in der möglichsten Ferne gedacht, beyder Herzen aufs neu viele Meilen weit von dem Hafen des Trostes zurückwarf. —

Das, vermuth ich, geschah ohne Zweifel deswegen, weil Er anfänglich, diesen Schritt zu wagen, sich fürchtete; Ihre Ohnmachten ihn mit Recht fürchten machten; und nachmals, weil Er es außer allem Streit aus Seiner Westficke, als in der er es am allerwahrscheinlichsten mit nach Hause gebracht hatte; aus dieser, sag ich, es herausgenommen und es aus leichte zu errathenden Absichten bedächtiger aufgehoben, bey diesen Umständen es ihm ganz aus dem Sinne gekommen seyn muß.

Welche Gelegenheit ihn wieder daran erinnert? — Eine Frage, die ich um so weniger beantworten darf, je leichter sie ein jeder beantworten kann.

Ihr

Ihr hättet's lieber ganz und gar unterdrückt!—
So weise sind wir alle, wenn der Erfolg von des
Nachbars Handlungen dicht vor unserm Auge da
steht, und wir ihn gleichsam mit Händen grei-
fen können.

Und ich für mein Theil sage: ich hätt es gerade
so und nicht anders gemacht, wie Er!

Weswegen? Das, habt Ihr Lust zu denken,
werdet Ihr ohne Zweifel selbst finden; — ohne
daß es ich es Euch sage.

63.

Warum weckst du mich,
    Frühlingsluft?
Du buhlst und sprichst:
    Ich bethaue mit Tropfen des Himmels.
Aber die Zeit
    Meines Welkens ist nah!
Nah der Sturm!
    Der meine Blätter herabstößt!
Morgen wird
    Der Wanderer kommen,

Kommen, der mich
Sah in meiner Schönheit.
Rings wird sein Aug
Im Felde mich suchen,
Und wird — und wird —
Und wird mich nicht finden!

64.

Dieses Lied, wollt' ich wetten, hat Sie, und gewiß nach einer ausdruckvollen, schmelzenden Weise, immer, wenigstens im Geiste gesungen und empfunden, — empfunden und gesungen! —

Ein Lied für edel empfindende Seelen mehr werth, als die besten Liederchen unsrer Operetten alle zusammen! Und für Sie, seit Werthers Tode, das einzige, das Sie des Gesanges würdigte; das einzige, das Sie noch rühren und ergötzen könnte; das einzige, das Ihrer Seele neues Leben und Ihrer Einbildungskraft neue Stärke ertheilte.—

Wer ihr niedergeworfen, sahe die da den Verzweifelnden; ihre Hände faßend, und sie in Seine Augen an Seine Stirne drückend; — sie

dünckte

türckte sich, wie sie seine Hände drückte, sich neigte
und seine glühenden Wangen die ihrigen berühr-
ten; — Um sich hergeschlungen fühlte sie seine
Arme, ihre Brust an die seinige gepreßt und ihre
stammelnden Lippen mit wüthenden Küßen ge-
deckt; — Werther! rief sie jetzt, Werther! —
Werther! wand sich aus seinen Armen und rafte
sich vom Boden —

Ein Lied, das Sie gleichsam aus dem Kreis aller
Dinge um und neben sich herausriß. Sie den Wanderer über ihrem Grabe dahin eilend sehen ließ.

Morgen wird
 Der Wanderer kommen —
Sie im Felde umher suchend, sie nicht findend:
 Und wird — und wird,
 Und wird mich nicht finden.
— Thränen düsterten ihre Augen; eine Art von
Wollust war das Ihrem Herzen; — noch einmal
begann sie:
 Und wird — und wird —
— Noch einmal; bis sie es zu endigen nicht
mehr vermochte; die Stimme dahin starb in
Seuf-

Seufzern und dreyfache Nacht Ihre Seele umhüllte.

65.

„Vergehen! — Was heißt das!„ —

Gewesen seyn! und zu seyn aufhören und nicht seyn!

„Ein Wort; ein leerer Schall ohne Gefühl für mein Herz!„ —

Ohne Gefühl! sagst Du? — Sahst Du niemals ein in seinen Blättern entfaltetes Röschen? — Heute morgen waren auf jedem seiner Blätterchen Tropfen an Tropfen, leuchtend im Sonnenstrahle, wie kleine Diamanten — bey allem seinen Schmucke, schien's zu seufzen:

Du buhlst und sprichst:
    Ich bethaue mit Tropfen des Himmels!
Aber die Zeit
    Meines Welkens ist nah,
Nah der Sturm,
    Der meine Blätter herabstöhrt!

— Und im Mittage lagen die äußersten Blätterchen am Boden, wie abgepflückt; und die am Sten-

gel noch sitzenden hatten ihr Gesicht von der Sonne weg zur Erde gekehrt, und schienen denen gefallenen Brüdern zuzunicken. Jetzt, jetzt werden wir folgen — Der Sturm kam und stöhrte sie herab; Wir kommen und suchen und finden sie nicht; hin ist Rose, hin die Blätterchen alle — So aus der lebenden blühenden Welt weg; — nicht in der mindesten Spur mehr; — So aus der lebenden blühenden Welt weg! — Schon beginn ich, schon hab ich zu welken begonnen! — Und —

— Die Zeit

Meines Welkens ist nah,

Nah der Sturm

Der meine Blätter herabstöhrt!

Eingescharrt der kalten Erde, so eng, so finster! —„

Kälte bey Kälte! Erde bey Erde! Nacht bey Nacht! — „Eng„ sagst Du? — dem Schlummernden, Lieber, dem ist sein enges Bett, — sein enges Bett ein Königreich!

„Sterben!„ — Einschlafen! Mehr heißt es nicht. Einschlafen und hernach rasten und ruhen, —

auch

auch träumen, denk ich, himmlisch träumen — wieder erwachen und die Träume wahr werden sehn! —

66.

Wohl dem, der gelaßen und still, wie Sie, geduldet; und gleich dem Tagelöhner, der, wann in der Hitze des Mittags seine Kräfte hinschwinden, und unterdeß ihm die Schweißtropfe über Stirn und Schlaf herab zum Munde rinnt — die salzichte Tropfe! — und die Sonne durch das dreclene Hemd hindurch seinen Rücken senget, einmal sich aufrichtet, die Tropfe herab wischt, gen Himmel sieht und sich seines Schlafs am Abend freuet, hier es mitsprechen kann:

Sterben? — Einschlafen! mehr heißt es nicht. Einschlafen und hernach rasten und ruhen — auch träumen, himmlisch träumen — wieder erwachen und die Träume wahr werden sehen. —

67.

Das ist mir ein dämmernder Traum, wenn Werther sagt: ich gehe voran. Keine solche Trennung!

nung! Nichts, gar nichts. Ich muß ihn erst sehen, noch oft sehen, muß ihn ruhig machen. Und doch, wie michs martert, wie michs quält, das Wort: ich gehe voran. Seine Unruhe, seine kranke melancholische Seele! Wenn ers nun thut, geht, und meine Mutter sucht, geht, und sie findet, geht, und mich in dieser Hölle zurück läßt! Schrecklicher, dreymal schrecklicher Gedanke, wer kann ihn faßen! Ein dicker festgewebter Vorhang umhüllt die Zukunft. Unmöglich ists hinein zu schauen, ganz unmöglich. Werther will meiner Mutter sein Herz ausschütten. Er träumt, er wähnt nur. Das kann er nicht, darfs nicht. Hätt' er sie hier schauen können, die Edelmüthige, hier sie umarmen können, meine Mutter, und ihrs sagen, weinend sagen dürfen, all das Elend, das um ihn herum flattert: wie mitleidig würde sie ihn bejammert, und ihn segnend mit trostvollem Munde beruhigend gemacht haben. Aber dort, dort. Das ist vergebens!

68.

Sie sind dahin, die Mordgewehre, sind hin, sind durch meine Hände gegangen, durch mich von
der

der Wand genommen worden. Ich, ich gab sie dem Knaben. Weis Gott, mit welcher Angst und Beklemmung! Ich, ich reichte das Werkzeug. Kein andrer. Schon nagt mirs im Gewißen. Wie michs zusammen drückt, michs anklagt! Trauren füllt mein Innerstes. Ich, ich reichte das Werkzeug. Kont' ichs nicht meiden? Kont' ichs, ohne bey Alberten vollends zu verstoßen? Er, er hies mirs. Fragte schon bey der kleinen Verzögerung: was das geben sollte? Nun mag er es auch haben. Nein. Werther verlangte sie. Kont' ich nun anders? Aber auch der Knabe hätte sie herab nehmen können. Muſt' ich just dazu verdammt seyn, ich just? O über die Verhängniße! Es geht mir durchs Herz, wie ein Schwerd, und meine Seele wird gepeiniget, wie man auf einer Folter gepeiniget wird.

69.

Mitunter, — oder ich müßte mich sehr irren — oder es müßte eine erlogne Bemerkung seyn, daß der Mensch das Häuflein der zurückgelegten

Tage niemals ernstlicher und unpartheyischer durchmustert, als in den Stunden der Niedergeschlagenheit und der Kasteyung! —

Mitunter, denk ich, schwebte der Guten auch ein und anderer Besuch — ein und anderes Alleinseyn — vor Augen; wodurch der Eine in seiner Liebe immer wüthender, der Andere immer eyfersüchtiger wurde.

Und schalt sich darob, schalt Ihr Herz, Ihre Nachsicht, Ihre Unvorsichtigkeit; — verabscheute diese Auftritte alle; hätte sie gern ungeschehn gemacht —

Hier wollt ich nur sagen: — Der Augenblick — Augenblick, Stunde, Tag! — Da Er auf dem Obstbaum saß mit dem Obstbrecher und die Birn aus dem Gipfel hohlte; Sie unten stand, sie abnahm — so unschuldig er ihr damals dünkte, so wenig war er ihr jetzo verzeyhlich! — Auch diesen hielt sie für ein Saamenkörnchen zu ihrem und Seinem Unglück!

Und hier wollt ich nur sagen. Wie wir uns und unser Gewißen in Ansehung unsrer ergötzlichen

chen und unschuldigen Handlungen unaufhörlich und entsetzlich betrügen!

Sie wußte diesen Ihren Betrug zu bereuen; und um so brünstiger zu bereuen, um so mehr sie sich Ihrem Gewißen von jeher — ins Ganze genommen — zu nahe zu treten gescheut hatte.

Und hier wollt ich nur sagen: — daß ich ihr hierin viel Nachfolger und Nachfolgerinnen wünsche.

70.

„Wir werden uns wiedersehn! Hier und dort wiedersehn! — Wir werden uns finden, — unter allen Gestalten werden wir uns erkennen —„

Werden wir? Du und ich? W.'ch eine Frage! — Ich? — O ich fühl es, fühl es; der Augenblicke sinds wenig, sehr wenig, die ich noch hier seyn werde, wo Du auch warst — Du auch warst — Gedanke des Entsetzens! — Du auch warst! und ich werde dort seyn, wo meine Mutter, meine Lieben, sie alle — dort seyn, sie wieder sehn, wieder finden, wieder erkennen — Sie alle! — Auch Dich? —

F 3 Aller

Aller Wahrscheinlichkeit zufolge, bestürmten sie, so oft ihr diese Frage kam, unauflösliche Zweifel, die ihr sie zu beantworten niemals erlaubten, weder mit Ja! noch Nein! —

Das sollte, denk ich manchem unserer Weisen Schamröthe ins Gesicht jagen! —

Weder mit Ja! noch Nein! um bis auf den letzten Augenblick ihres Lebens das Beste hoffen zu können.

Und so machen es alle gefühlvolle zärtliche Herzen, denen es tief eingewebt ist, was so viel Splitterrichter, tagauf, tagab, mit ihren Zähnen käuen:

De mortuis nunquam nisi bene!

Leser, hinaus mit Dir, hinaus in das Gefild, wo die Todten ruhn; wann's Mitternacht ist — wo die Todten ruhen; — Der bleiche Mondstral mit Licht und Schatten fürchterlich spielt und Dir eine Stimme hörbar wird, die, des Tags von dem Schellengeläute der Welt überstimmt, umsonst spricht, und der Gedanke ganz die Oberhand erhält, der Gedanke: „Weiß auch ein Mensch, wie er
aus

aus der Welt gehn wird!„ und ein heißer Seufzer sich hinter ihm her stiehlt:

Sagte doch keiner, weder Gutes noch Böses, über mich und mein Leben, von da an, da ich dieser Welt Gute Nacht sagen werde! — Umsonst! Wird mir, mir einzigen wohl werden, was da keinem, nicht Einem wurde, von allen die die Erde in ihren Schooß einnahm! —

71.

Ich zündete das Feuer in Werthers Seele an, mit meiner Hand an, das ihn nun zu vernichten so mächtig werden, und das unmöglich ist zu verlöschen. Hätt' ich all meine Hochachtung, all das warme Gefühl vor ihn nicht so deutlich blicken, oder seine Freundschaft nicht zu einer solchen Verträulichkeit werden lassen: gewiß wir wären all den schwarzen neblichten Tagen entgangen.

Aber doch ist das ganze Verhalten an sich so unschuldig. Ich habe durch alle meine Unterredungen wahre, dauerhafte Ruhe in ihm hervorzubringen gesucht. Darauf sind all meine Bitten, darauf all meine Vorstellungen gerichtet gewesen.

Konnt'

Konnt' ich dafür, daß er sie nicht annahm, ich dafür, daß er mir kein Gehör gab? Bat' ich ihn, zu verziehen, und nicht so bald wieder zu kommen: so kam er nur desto eher. So ward das Feuer groß, und immer größer, stark, und immer stärker. Nun so ein jählinger Ausbruch! Ich bin beklagenswerth, und doch aller Ruhe unfähig. Mir sagts das Blut in meinen Adern, mir sagts seine Gestalt, die um mich herumschwebt, mir immer gegenwärtig ist, daß ich die Ursach all des Elends sey. Ich, ich goß das heimliche Feuer in seine Seele, ich reichte ihm den Mordkelch, und er — er zagte nicht.

72.

Der mich sterben? Werther, sterben! Ach daß doch diese meine morsche Hütte, die nun keinen Sturmwind mehr auszuhalten vermag, mit all ihren Reizen, all ihren scheinbaren Schönheiten zusammen fiele und zur Asche moderte, und nur Werther beym Leben erhalten würde, und sich kein Leids thäte!

73.

„Meine Seele schwebt über dem Sarge!„ — Ueber dem Sarge? — Wie versteh ich das? Nicht

Nicht höher? — Eine Seele, wie die Deine; eine Seele, frey von allen irdischen Banden, über dem Sarge? Es mit anzusehn, wie ihr ehemaliges Wohnhaus da liegt in Trümmern und immer morscher und mürber in allen seinen unglücklichen Resten der gänzlichen Vernichtung zueilt; das mit anzusehen und, wie natürlich, nicht ohne Jammer — hieße das nicht zehntausendmal elender seyn nach dem Tode, als der Elendeste nur immer im Leben seyn mag! — Unverständliche Werte: Meine Seele schwebt über dem Sarge! Außer allem Streit eben so unwahr als unverständlich. Und was hielt sie so niedrigen Fluges? Kleider, die mein Finger, meine Hand berührt haben? Das wäre gerade so viel, als einem Vogel einen Strohhalm an Hals hängen, daß er nicht fortfliegen soll! Und das werd ich in Ewigkeit nicht denken. Kleider, angerührt von mir, und ein ewiger Geist, erhabener als alles, was Mettengefräß heißt, dem das gelebte Leben ist wie eine gehabte Phantasey, die nicht wiederkommen will —

„Die blasrothe Schleife, die du am Busen hattest, als ich dich zum erstenmale unter deinen Kin-

F 5 dern

dern fand; diese Schleife soll mit mir begraben werden?„ —

Und das ist sie. Längst schon ist sie mit deinem Körper im Grabe; um zu verwesen, wie Er, und ihm und Dir unwissend und ihm und dir unnütz! — Ach deine Seele, sie schwebt nicht über dem Sarge; unter den Gestirnen irrte sie umher; in den unendlichen Kreisen der Schöpfung im Geleit ihres Engels, von dem Augenblick an, da sie mit deinem letzten Hauch davon flog; und als die letzte Schaufel deinen Sarg deckte, da war sie —

Und so weiter!

74.

Und so weiter!

Ein jeder denke sich's hinaus, wie's ihm beliebt, wie's ihm am vortheilhaftesten dünkt! Am vortheilhaftesten nach seiner Ueberzeugung und seiner Empfindung!

Zwo Freyheits, die den Lesern nie gekränkt werden dürfen und leider! itzt fast in keiner Lectüre ungekränkt davon kommen.

75.

75.

Ich kanns nicht seyn, Werther, ich kann nicht ruhig seyn. Ich sitze in meinem einsamen Zimmer, und will bey meinen Kleinen Trost suchen, und finde keinen, und will bey meinem Klaviere Trost suchen, und finde keinen. Jeder Ton, den ich angebe, jeder Hammer, der an die Seite schlägt, klagt mir mit einem entsetzlich winselnden Geheule den Namen Werthers, und weiter klingt mir nichts harmonisch. Ich gehe in der Stube auf, gehe nieder, weis nicht, daß ich gegangen bin, und murmele so vor mich her, wie Werther murmelte, da ich ihm zuletzt seine Leibmelodie vorspielen wollte. Da, da wust' ich noch nicht, wie's einem ist, der keine Ruhe hat! Da, da hätt' ich sie fühlen sollen, all die Folgen. Nun empfind ich sie zu sehr, aber nichts vermag mir nun auch meine Ruhe wieder zu schenken, nichts, als der Tod.

76.

Und ich fühl' es schon, daß er sich nähert. Wie ein Donner rollt das Wort in meine Seele: sie sind geladen; wie ein Donner, der mich auch tödten wird: Werther nicht mehr, und ich kein Leb wohl,

keines!

keines! Schon wird mein Athem kurz, mein Blut geht langsamer, und meine Gestalt verzehrt sich: Ach, ich fühl' es, er nähert sich mir. Süße sind mir seine Umarmungen, die Umarmungen des Todes. Er schenkt mir meine Ruhe. Werther, Werther, leb wohl! Ich werde nicht mehr seyn, werde dir folgen. Bald, bald. Ich merke, daß ich sterbe. Ich bin nicht ein thöricht Frauenzimmer, aufgebracht durch ihre Leidenschaft. Nein! Ich bin eine Unglückliche, die ein weiches, empfindsames Herz hat, die mit Schaudern auf all ihren Jammer blicket, und nirgends Ruhe findet. Leb wohl! Könnten meine Tage nicht glücklicher seyn! Könnten meine Wünsche nicht erhört werden! Leb wohl! Meine Thränen, und meine Entziehung nehmen zu. Ich muß mir noch die wenigen Augenblicke zu Nutze machen, die mir übrig sind. Mein Puls wird matt. Ich bin bis an den letzten meiner Tage gekommen. Ich will mich vorbereiten, um mit Standhaftigkeit vollends die Stunde zu erwarten, die sie bald, ja bald endigen wird. Leb wohl, immer wohl, ewig wohl!

77.

Ob Sie gerade so und nicht anders Ihre Dialogen beschloßen? Da ist Wahrscheinlichkeit und Unwahrscheinlichkeit in gleicher Waagschaal; und ich für mein Theil hab nicht Lust mir durch ein Quentlein von Gewicht sie auf die eine Seite herunter zu ziehen. So, oder so! Ihr verliehret so wenig dabey, dann ich! Genug, daß ich sie nicht viel besser an einander reyhen konnte, da ich sie an einander reyhen mußte, wie eine Schnur Perlen, wie einen Rosenkranz, und was dem gleich ist?

Daß sie ein Ende genommen haben, werdet ihr um deswillen nicht bezweifeln, weil sie aller Wahrscheinlichkeit gemäß einen Anfang nahmen; und daß sie unter meiner Feder ein solches Ende genommen, wie sie genommen, war — nicht viel anders thu ich.

„Thulich?„ wird so mancher murmeln, der die Klemmen nicht weiß, durch die eine arme schriftstellerische Seele hindurch muß. — Aber muß man auch alles widerlegen können und seine Gegner überall zum Schweigen bringen? Mögen dann tausend statt einem fragen und murmeln:

„Thu

"Thulich?" mögen sie es! Ist Einer meiner Leser im Gegentheil zufrieden und vergnügt, hab ich mehr gewonnen, dann verspielt!

Mehr gewonnen, dann verspielt! sag ich noch einmal.

78.

Eine gute reine Quinte, die lange gestanden, Wetter und Friktion lange nicht achtete, verfärbt sich am Ende allmählig, wird unrein im Klange, faßt sich — und reißt. — Anstatt der Quinte denkt euch Sie; gut und rein trotz der besten und reinsten Quinte! — Wetter und Friktion gelt euch Ihr Unglück und der Ihrem Herzen so tiefgeseßne Kummer; — lange trug sie beydes, behielt Farbe und Klang; — So wird es euch nicht Wunder nehmen, hoff ich wenn ich Sie euch nun in Ihrem Verfärben und dem Verliehren Ihres Reinklingens zeige!

Wüßt' ich doch kein paßenderes, mahlenderes Bild aus der ganzen weiten Schöpfung, um es euch lebhafter, sinnlicher zu sagen, als der kalte Erzähler:

Nicht

Nicht lange darnach ward sie von einer tödlichen Krankheit überfallen.

Von einer tödtlichen Krankheit! — Mehr braucht es der Worte nicht, um uns vorzustellen, diese ihre Krankheit habe sich in den ersten Symptomen als höchstgefährlich angekündiget und das um so mehr, um so länger das Zeug und der Stoff dazu war gesammelt und aufgehäuft worden. Sie glich einem Feinde, der vor seinem Ueberfall sich in die möglichste Bereitschaft gesetzt und mit einer Mannschaft heranrückt, deren gewandte Tapferkeit mit ihrer Anzahl in gleichem Schritt geht.

Albert, zwischen Furcht und Hofnung, der Furcht am nächsten und der Hofnung am entferntesten; nicht ganz außer sich, auch nicht völlig bey sich, sieht sie; geht; kömmt wieder —

Der Medikus wird erwartet.

79.

"Rüber vnd Nüber; er sey nun der Herr Doctor in seinen hyppokratischen und galenischen Künsten, ein kleiner Hexenmeister und Schwarzkünstler, dem die Natur tanzen muß, wie er pfeift;

dessen

deſſen ſein Einziger Wink alle erſchütternden und das Leben antaſtenden Anfälle von Krankheit, wes Nahmen ſie auch ſey, hinwegbannt — oder es ſey mit ihm, wie mit jenem Ritter in der heydniſchen Fabel, beſchaffen, den das Flügelpferd in den Lüften abſetzte, daß er ſo nicht wieder herunter kann, als er hinauf gekommen war — mindſtens hat er ſich wahrſcheinlich mehr dabey zerfallen, als ſein Näschen — Wie mit jenem Ritter, ſag ich; von dem die Natur ſich gerade eben ſo viel, als jenes liebe muthige Flügelpferd, leiten und regieren läßt; — wenn er ſich recht feſt geſetzt und den Zügel in beyden Händen zu haben dünken läßt, ihn hurtig durch einen kleinen Ruck an den Boden hinlegt, oder, was das ärgſte von allen, den armen Tropf niemals aufſitzen ließ! — „Rüber und Nüber; das Facit iſt Eins!

War er das Erſte, war er es, ohne Zweifel, doch hier nicht. Hier, wo, wenn er A. ſagte, die Natur nicht das B. hinzuſetzte; wann Er nach Norden hin wollte, Sie ihren Weg nach Mittag hinnahm; wann er Sie friſcher zu gehn reizte, Sie lieber auf der Stelle ſtehend weder vor noch rück-
wärts

wärts gieng. —'s war eine tödliche Krankheit! Und tödliche Krankheiten werden, im Verhältniß der untödlichen, fast keinmal anders als — durch das Garaus! gehoben. Und dies ist es, warum ich, der ich von Anfang alles Wunderbare vermieden, und am Ende nichts weniger als wunderbar werden möchte, den Fall, daß unsere Patientinn nicht wiederum aufkam, für natürlicher und aus dem nur angeführten Grunde für weit vorzüglicher und sich schickender gehalten und euch deshalb, vom fünf und dreyßigsten Kapitel an, auf ihr Lebens-Ende habe warten lassen. —

War er das Erste, half's allenfalls weiter zu nichts, als dem Tode seine Beute einige Minuten länger vorzuenthalten: das Andere, war's kein größerer Schade, als der Verlust von einigen Minuten — auch Stunden, auch Tage. Ist das ganze Leben, wenn es ausgelebt ist, der Länge nach, wohl viel wichtiger, als
   Eine Minute?

80.

Der Medikus kömmt, wird von Alberten ans Bett geführt. Dieser tritt ein wenig zurück, doch

so, daß er jenes Gesicht genau beobachten kann. Jener befingert den Puls, scheint ihn gleichsam zu behorchen und nicht blos zu befühlen; fragt das und Jenes; wird nachdenkender; noch ist er am Pulse; hustet auf; bewegt ein wenig den Kopf; nimmt seine Maasregeln; verschreibt, verordnet; verspricht sich von beyden die schönste Wirkung; empfiehlt sich. —

Ob Albert die ganze Pantomime ausgehalten, ob er nur dem ersten Auftritt beywohnte und sodann gieng. — in diesem Fall konnt er nicht mit dem Medikus hinweggehn; in diesem Fall erwartete er ihn unstreitig aufm Vorsaal, in einem andern Zimmer; an der Treppe, unten im Hause, wie ihr wollt! — oder alles in allem abwartete, und in diesem Fall hat er zweifelsohne den Medikus begleitet, voller brennenden Neubegierde, Leid oder Freude aus seinem Munde zu empfangen — das überlaß ich Eurer Entscheidung und behalte mir nur dies vor:

Daß nach allen Voraussetzungen, dafern diese ihre Richtigkeit haben, der Medikus auf die an ihm

ihm geschehene Frage unter etlichen vorausgeschickten ausdrucksvollen Gesichtsverzerrungen, Achselzucken und einer unermeßlichen Schaar von Wenn und Wenn —— Hofnung wohl geben wollte und nicht konnte.

Alltägliches Schauspiel! werdet ihr denken. ——

Und ich sollte denken, daß ihr nicht so denken werdet; — die unwichtigsten, schlechtesten Dinge thun oft, nebenbey mitgenommen, die unerwartetste, herrlichste Wirkung. ——

Hat Ihnen, mein Herr Kunstrichter, nach unzähligen Pasteten und Ragouts, noch niemals ein schlechtes Butterbrod köstlich zu schmecken die Ehre gehabt?

81.

Albert blieb einige Minuten, — zu dem was folgt, Zeit voll auf — einige Minuten allein; war bald untröstlich, bald wiederum gefaßt, je nachdem das, was der Medikus ihm sagte, mehr oder weniger lebendig in seiner Seele wurde ——

Seine Geliebte so früh und auf ewig zu verliehren! Ein Gedanke, der nicht anders als mit Händeringen, gen Himmelsehn und tiefausgestoßnen Seufzern gedacht werden konnte. Ein Gedanke, der ihn in sich selbst gehen machte —

Und mitten in diesem herrlichen Geschäft ward er — wie wunderbar sichs immer in den kleinsten Umständen mit dem Menschen schicken und fügen muß, wißet ihr gewiß mehr denn zu wohl aus eigner Erfahrung — mitten in diesem herrlichen Geschäft unterbrechen. Entweder ward er zu der Kranken gefodert, oder kam eben der ehrliche Alte; Lottens Vater meyn ich); dazwischen.

Ich dächte, wir wählten das letztere. Eine Angelegenheit hat ihn nach der Stadt geführt; wär's auch keine andere, gewesen, als seine lieben beyden Kinder einmal zu sehen und zu sprechen; Angelegenheits gnug für Ihn! Hatte sie vielleicht seit jenem Abschied gar nicht oder nur einmal und ganz flüchtig gesehen und gesprochen — Kurz, wenn ihr Lust habt, euch davon die Möglichkeit einzubilden, wirds euch nicht schwer seyn, euch von der Wirklichkeit

zu

zu überreden und auf diese Weise gewännen; ihr und ich das

8: Kapitel,

das außerdem nicht dastehen, oder mit was bey weitem nicht so intereßanten angefüllt seyn würde.

Denket es euch nur selbst, welch eine Scene! — wie der Alte unversehens hereintritt, ruhig und heiterlächelnd; Albert ihm entgegen eilt, bey seinem Anblick in etwas erfrischt; wie sich beyde umarmen, und ansehn und ein Weilchen schweigen; Albert ihn, bey der Hand gefaßt, nach dem Kanapee hinführt; Jener, kaum nur sitzend, und durch dieses sein umwölktes und trübes Gesicht bekümmert, fragt: wo denn Lotte sey und was sie mache? Dieser denn von ihrer Krankheit ihm meldet — beyde zu der Kranken aufbrechen — Da nehmt den Pinsel selbst und mahlt's euch! Sie drey: Lotten, den Alten und Albert! —

Zum Glück, sollt ich meynen, hatte die Patientinn gerade leidliche Zeit bey diesem Besuche.

Das anzunehmen thut gut, sehr gut, um den Alten zu schonen, der ohnedies schon äußerst betrübt seyn mußte.

Man verließ sie. Gezwungen, denk ich, und nicht gutwillig. Da giebts der Dinge tausend statt Eins, die die Krankenbesuchen zum Gehen nöthigen.

Väterliche Wünsche und Seegnungen, mehr im Aug als auf der Zunge und Ihrerseits auf dem ganzen Gesicht ein lebhaft gezeichnetes herzliches: Danke! und von Seiten des Dritten, ein feuriges, wiewohl unhörbar gesprochenes Amen! die beyden Augenwinkel voll Thränen — so schieden sie von einander.

Der Alte konnt' es wahrscheinlich nicht länger dauern und ritt wieder heim. Wußt auf dem Hinritt nun mehr, als auf dem Herritt, und beschloß des folgenden Tags ungefähr um die nämliche Zeit wieder in die Stadt zu reiten —

Oder wißt ihr es natürlicher? Ich zweifle.

83.

Und nun kann's immer einmal wieder Nacht werden. Eine ganze lange Nacht! Und es ist mir nicht im mindesten leid oder bange, sie euch zu verschwatzen. Zu verschwatzen, ohne weder zu einem Mährchen noch einem Traum meine Zuflucht nehmen zu dürfen.

Albert hat sich auf heftiges Begehren seiner Frau schlafen gelegt; schlafen gelegt, und schläft nicht; oder schläft er, sinds die Augenblicke, wo die Seele den unruhigen und ängstenden Gedanken nachgeben muß. Und solch ein Schlafen, übler, denn Nichtschlafen! — jetzt sind ihm die Augen wieder offen, sein Geist doppelt geschäftig und die Zeit der Nacht für ihm langsam schleichend wie eine Schnecke; unaufhörlich stehn ihm die Tropfen an der Stirne, die, kaum aufgetrocknet, bald aufs neue wiederum ausbrechen; — jetzt kömmt ihm der Sinn an die Kranke; wissen möcht' er, ob sie schläft oder wacht, Frieden hat, oder keinen; will auf; wagts nicht, sie nicht zu stöhren, im Fall sie ruhte; — mit einmal thut er einen Blick in die Zukunft; die ſchönſten Jahre ſeines Lebens, ohne Sie; alles empört ſich in ihm dagegen; ſtraft ſich ob des Zweifelns an ihrer Geneſung; war ſie doch, denkt er, geſtern dem Tode noch nicht ſo nahe! vielleicht morgen noch weniger; — und da tritt ihm die Frage in den Weg: biſt du ſie auch länger werth? er ſinnt und ſinnt; immer wirds ihm unmöglicher zu antworten; und — findet am Ende ſich ihres Beſitzes unwerth um ſeiner Argwöhnerey und ſpitzigen Begegnungen willen; — Werther war unſchuldig! denkt er, wie Sie! um deinetwillen hat er ſich zu Grunde gerichtet! — —

―――――――

Ihr, die ihr mit unſerm Albert in gleichem Fall ſeyd; da, als Werther noch lebte; ihr werdet hier etwas Zeit haben wollen, nachzudenken, und euch an ſeiner unzeitigen Eiferſüchteley zu ſpiegeln —

Wohl! habt ſie! — Drey Worte, die allein dies ganze Büchelgen am Werth überwiegen!

Beſſer! ihr, die ihr eure Geliebte, — eure zukünftige Hälfte in euren Gedanken, — von einem Zweeten, — früher oder ſpäter, kömmt nicht in Anſchlag, — feuriger und ungeſtümer geliebt werden ſeht, beſſer! ihr tretet zurück, in
Zeiten

Zeiten zurück und rettet drey Seelen von ihrem Verderben. Fehlen werden sie nicht, die euch euren Verlust ersetzen können, und unter diesen wird die Schönste, die Liebenswürdigste euer edles Bezeigen gewiß als Gattinn viele Jahre lang belohnen.

84.

Den Einen Schlaflosen haben wir verlassen um dem andern gleichfalls unsern Besuch abzustatten. Der andere ist, wie leichtlich zu rathen, Sie. —.

Wollt ihr vorher noch eine kleine Wallfarth hinausthun auf das Jagdhaus im Walde, zu Ihrem Vater, voller Sorgen; und Ihrem Geschwister, das sich um Ihrentwillen in den Schlaf geweint hat: bitt ich nur, solche ohne mich zu thun; — und wenn ihr von da wieder zurückkommt, sind wir zusammen hinter der spanischen Wand um Ihr Ruhebett, der Wächterinn, die mehr rickt, als umhersieht, unsichtbar und sehen, vermöge unserer geistigen Art von Brillen, durch panische Wand, dann durch Ihre Mienen in Ihre Seele, in Ihr Herz, und sehen ohne hören zu dürfen, da wir hören, indem wir sehen.

„Matt! sehr matt! bald werd ich dort seyn und hier nicht mehr! bald und das ungezweifelt! — Meine Mutter! ja, ja ich komme. — Ach, Dein

Dein Auge, wie das Auge eines Sterbenden! wend' es ab von mir! Jammervoll ists, den Tod in Deinem Auge zu sehn! — Das ist nicht Deine Hand, die Du mir am letzten reichtest: eine kalte, abgezährte Hand! schwarz und fahl — Weh mir! ich berührte sie, da zerfiel sie; in Moder und Asche; die Hand meiner Mutter; beym Himmel, ich wollte sie nur küssen; und da zerfiel sie! — Mutter, ohne Hand? Meine Mutter! und doch sind Deine Worte so süß und erquickend! Ja, Du bists, Du bist es selbst, die auf Deine Tochter niemals zürnen konnte; und ich rührte Dir Deine Hand, daß sie zerfiel — weiß der Himmel! ich wollte sie küssen! Du bist auch sehr lange von mir gewesen! — Schwestern, Brüder, Vater! — Keines, ihrer keines freut sich mit mir; Sie sind ferne und hören nicht mein Rufen — Zu spät, zu spät! Ein Hauch verbließ sie; ein kalter, mächtiger Hauch! Alles starrt noch und friert in und außer mir; ein kalter, mächtiger Hauch. — Wie die Wasserfluthen rauschen! fürchterliches Geheul! der Verzweiflung — ach, wo bist Du, daß ich Dir helfe! Mich rufst Du? Nicht weiter; ich bitte Dich, nicht weiter! — Das war wie eines Donnernden Stimme — —

Es ist hohe Zeit, daß wir gehen; ich fürchte, ihr würdet so wenig, denn ich, diesen ihren äußerst elenden Zustand noch länger mit aushalten können; — und überdies macht sich auch der Morgen schon auf den Weg, die beschneyten Dächer, Thürme und Berge an ihren äußersten Zinnen mit seinem röthlichen Goldlack zu bestreichen.

85.

Unsere Quinte faßt sich.

Uebersetzt: Ihre Auflösung nimmt ihren Anfang.

85.

„Das war eine böse Nacht, mein Lieber".

Und ich hoffte, Du solltest sagen: eine gute, oder doch: eine leidliche! hoffte's die ganze Nacht. Der einzige Balsamtropfen während einer ganzen unruhigen schlaflosen Nacht! — Eine böse Nacht! sagst Du.

„Daß ich sie wohl kaum böser zu erwarten habe".

Ich glaub es. Die Mattigkeit Deiner Stimme; Dein Gesicht und diese hinläßige Hand sagen das und noch mehr. Deine Krankheit ist heftig und schnell —

„Wollte der Himmel! sie wäre das letztere so wie das Erstere".

Und

Und mir beydes in so gleichem, abgemessenen Maas und Grad!

„Bester', Du trügst Dich. So wenig schnell, daß sie vielmehr nicht langsamer fortschleichen könnte".

Erkläre mir das! Bey Deiner Liebe! Erkläre mir das! Gestern morgen, diese Nacht und Heute — und das nennst Du langsames Schleichen? So ist Deine Pein ohne ihres gleichen —

„Gewesen, Lieber, gewesen und nicht nur seit gestern! Da von jenem Tag an — hab ich Dir viel gelitten".

Und ich mit Dir! Und doch war es Dir da immer noch möglich, mich durch deine Trostsprüche zu stärken. Ich konnt es nicht erwiedern. Du tröstetest also, und verzagtest; heiltest und verbißest Wunden? — Das machtest Du sehr falsch, denk ich).

„Falsch, sehr falsch; wie's alle Kranke machen. Und sehr krank war ich schon damals".

Krank? Von innen und nicht von außen!

„Eben das, die Krankheit selbst, oder eines ihrer Symptomen — wie Du willst".

Das Gespräch lenkte sich nach vielen Krümmungen, Queer- und Nebensprüngen auf Werthers

thers schriftlichen Abschied, "Lotte, Lotte, leb wohl! leb wohl!" —

"Und das" — fuhr sie fort — "waren die nämlichen Worte, als er dort beym Mondschein in Garten von uns gieng; und sagte:

"Wir sehn uns wieder — —"

"Morgen, denk ich, erwiedert ich scherzend und gieng die Allee mit Dir hinaus, Albert. Und er stand und sah uns nach — — Itzt hat das Blatt sich gewendet — Da stand er vor mir, aufm Sprunge zu scheiden, weit weg in ein Land, das, wie er sagte, ich und Du nicht kennen, und da stand er vor mir, foderte meine Rechte, ich gab sie ihm, und er nahm sie und weinte; ich sagte: Leb wohl, Werther; Wir sehen uns wieder — Morgen, denk ich, Morgen! versetzt er überlegt und ernst und lächelte und gieng — 's war eine heitre mondhelle freundliche Nacht, nur kalt und frostig; und doch war mein Blut heiß und das Herz bang und die Stirne tropficht, wie im Sommer" — —

Und wer will und kann alle das schreiben, wer alle das lesen, was Ihre aufgewiegelte Phantasie Sie weiter irre zu sprechen reitzte —

Albert gieng ein wenig Luft zu hohlen, der Medikus kam, sah, alles sey vergebens, und verschrieb

schrieb einen Trank, sie auf die wenigen Lebens‏minuten nicht ganz ohne Erquickung zu lassen.

Man reichte ihr davon. Sie fühlte Linde‏rung, und schlief einige Stunden einen Schlaf, der nur die ganz erschlaffte Naturen befällt, schwer auf ihnen liegt, wie ein Bley, und dem Tode mehr, als brüderlich verwandt ist.

87.

„Und ich mußte der Unglückliche seyn, der ihr das fatale Pappier überbrachte! — Wohl‏verdiente Strafe! Für die Unart Deines Her‏zens —"

Das war der Punkt, um den seine Gedanken sich in dem Zirkel herumjagten, hastig und dicht, wie ein Schwarm Mücken um den Knaben, der im Grase sitzt und, voll heißer Begierde seiner Mutter den vollsten Strauß zu binden, nicht Zeit hat, der Mückenstiche zu achten.

88.

Um Mittag findet er sie wachend und in ih‏rer Seele ruhig. —

„Es ist nun bald aus mit mir, bald aus" — sagte sie lächelnd. — „Himmlische Freude fühl ich! Weine nicht, Lieber! Mir ist wohl, sehr wohl; Und ich denke, es soll mir bald noch woh‏ler seyn und noch wohler, und so in Ewigkeit fort!
Weine

Weine nicht! Unser Scheiden wird nicht lang dauern. Wir sehen uns wieder; schöner, herrlicher! Laß Dir das Trost seyn! Du wirst manchmal Dich nach mir umsehn, Dich herzlich nach mir sehnen, auf einsamen Spatzierwegen, über meinem Grabe. Und ich, ich werde da im Schimmer des Monden oder im leisen Lüftchen oder im Thautropfen um Dich her seyn und Dich stärken. — Ich werde Deiner nicht vergessen. Und Du meiner nicht, wie ich hoffe. Gieb mir die Hand! —

Er gab sie. Fest drückte sie sie. —

„Und nun laß mich!" — Er gieng hinaus und weinte die bittersten Thränen.

89.

Abends gegen fünf Uhr läßt sie ihn rufen. Die Sprache hatte sie fast schon gänzlich verlassen. „Leb wohl, Albert — der Himmel — seegne Dich — bis an Dein — Ende — bis auf unser Wiedersehn" — sagte sie stockend.

Und das waren ihre letzten Worte.

Ihr Vater trat nicht lange darnach im Begleit ihrer beyden ältesten Brüder ins Zimmer. Mit Winken und gebrochenen Blicken nimmt sie von ihnen Abschied — und ihre Seele entschwebt in die Lüfte!

90. Und

90.

Und hiermit hätte die Geschichte ihr Ende. Ich wünschte nicht ein einziges Wort mehr sagen zu dürfen, um, falls ihr gerührt seyd, euch euch selbst zu überlassen; und euch nicht beschwerlich zu werden. So sey's denn kurz und gut gesagt, was ich zu sagen euch schuldig geworden —

„Sie ist mein! Du bist mein! ja, Lotte auf ewig!" —

Dies war unstreitig der Gruß, welchem die Wertherische Seele der Kommenden, dafern Jene Dieser bey ihrer Ankunft ansichtig worden ist, entgegen gejauchzt haben wird!

„Sie ist mein! Du bist mein! ja, Lotte auf ewig!" —

———

Ich, für mein Theil, meines Versprechens nun quitt, habe nichts weiter auf dem Herzen, als Ihnen, meine Leser, zuzurufen:

Leben Sie wohl!!!